Jeune femme soumise
par un vampire
Collection de domination
érotique
Erika Sanders

Jeune femme soumise par un vampire

Erika Sanders
Série
Collection de domination érotique

Synopsis

Vladimir est un vampire qui cherche un compagnon soumis pour l'accompagner dans sa vie éternelle.

Kristina est une jeune femme de chambre croate qui vient de perdre son petit ami récemment et en est dévastée.

Cet amour et cette souffrance lui font remarquer et rester captivé par son esprit de soumission.

Alors il décide de la kidnapper ...

Jeune femme soumise par un vampire est un roman à fort contenu érotique BDSM et, à son tour, un nouveau roman appartenant à la collection Erotic Domination, une série de romans à forte teneur en BDSM romantique et érotique.

(Tous les personnages ont 18 ans ou plus)

Remarque sur l'auteure

Erika Sanders est une écrivaine de renommée internationale, traduite dans plus de vingt langues, qui signe ses écrits les plus érotiques, loin de sa prose habituelle, de son nom de jeune fille.

Indice:

JEUNE FEMME SOUMISE PAR UN VAMPIRE
ERIKA SANDERS

PREMIÈRE PARTIE
VLADIMIR

CHAPITRE I

Vladimir, resplendissant de noir à l'exception de sa cravate en soie rouge sang, regarda avec pitié la jeune femme qui se penchait sur la tombe nouvellement couverte.

Ses larmes amères et abondantes ne servaient qu'à nourrir sa faim grandissante.

Ses yeux violets brillaient dans l'obscurité croissante alors qu'il cherchait la bonne emphase sur laquelle continuer sa recherche.

Lassé de la frénésie hâtive habituelle de sa jeunesse, il avait un profond désir de se ressourcer avec cette beauté torturée.

Ses gémissements déchirants excitaient le sang qui coulait dans ses veines.

Vladimir n'hésita pas, sortant de l'ombre.

Kristina était hors d'elle dans sa douleur.

Ses bras s'enroulèrent autour de sa taille, criant à Andrej.

Les habitants de la ville de Split l'avaient laissée seule.

Ils n'ont pas pardonné leur condamnation, car ils ont perçu qu'elle avait joué un rôle dans la mort d'Andrej.

Kristina et Andrej avaient eu des projets.

Ils doivent s'être mariés dans la chapelle de leur ville.

Andrej a insisté sur le fait qu'être soldat était un moyen crédible de gagner l'argent nécessaire pour établir sa nouvelle maison.

Mais avec sa mort, ses rêves étaient morts.

Sa famille était implacable dans leur haine, car ils ne l'avaient jamais approuvée.

Kristina était si désespérée qu'elle a envisagé de mettre fin à sa vie.

Ensuite, elle pourrait être liée à jamais à Andrej.

Sentant une présence derrière elle, elle leva ses yeux émeraude tachés de larmes, encadrés par son voile noir de deuil, vers l'homme qui se dressait silencieusement au-dessus d'elle.

S'il vous plaît laissez-moi à ma douleur. Je n'ai rien à vous offrir ». Elle a chuchoté d'une voix rauque.

Cependant, son regard s'était connecté avec son regard hypnotique et elle ne pouvait pas détourner le regard.

«Pardonnez mon intrusion», sa voix envoûtante la traversa, «J'ai pensé à vous offrir du réconfort. Je ne voulais pas être irrespectueux.

«Laissez-moi monsieur. Je veux être seul pour le pleurer.

Sa voix était sans compromis malgré les petits doutes créés par ces yeux et sa voix.

Kristina baissa les yeux et se reconcentra sur le tas de terre devant elle.

Vladimir était furieux.

Personne, personne n'avait osé être aussi dédaigneux à son égard.

Cette fille impolie!

Son fiel lui coûtera, jura-t-il silencieusement.

Il sentit ses crocs commencer à faire saillie, mais ce n'était pas le moment.

Son sang bouillait avec plus que la luxure.

Il était de très bonne humeur, ce qui était très rare.

Avec un dernier regard calculateur sur sa tête baissée, il se retira momentanément pour rassembler ses pensées.

Il fusionna une fois de plus avec les ombres pour attendre un moment plus approprié pour revenir à ses côtés.

CHAPITRE II

Kristina frissonna alors que les ombres rafraîchissantes tourbillonnant autour d'elle enveloppaient lentement son corps.

Il laissa tomber la rose blanche qu'il avait saisie dans sa main sur le sol, là où serait Andrej, engloutie pour toute l'éternité.

Les derniers à l'aimer, ses parents se sont livrés l'année dernière à la fièvre qui avait balayé et décimé leur peuple.

Il se dirigea vers la maison de son enfance, à pas lourds, à pas lents.

Elle ouvrit la porte d'entrée et monta les escaliers de sa chambre, sans appétit apparent.

Il n'avait pas pu manger ces trois jours depuis que le corps d'Andrej était arrivé pour être enterré.

Kristina se déshabilla avec les mêmes mouvements terne.

Ses yeux pleins de douleur se fermèrent de soulagement.

Ses douleurs ont momentanément pris fin alors qu'elle glissait dans un sommeil sans rêve, toutes ses énergies dépensées pour assurer un enterrement convenable pour Andrej.

Vladimir l'avait suivie avec aisance, toujours vigilant.

Ne décelant aucune autre présence dans la maison, elle avait attendu qu'il éteigne la bougie et s'était alors mise à grimper agilement sur le treillis adjacent à son balcon.

Vladimir se glissa sur le sol, glissant sans effort vers le lit où Kristina se déplaçait sans cesse sous les couvertures, gémissant doucement.

Le clair de lune brillait à l'intérieur, à travers les portes ouvertes du balcon et sur le lit.

Ses lèvres s'entrouvrirent en un sourire impie, regardant sa poitrine monter et descendre, les rubans de sa chemise de nuit détachés au point où ils reposaient sur le haut de sa poitrine.

Un petit crucifix d'or entourait son cou et ses cheveux noirs se répandaient sur l'oreiller.

Étendant un long doigt osseux, elle a accroché son ongle sous le bord de la dentelle et l'a déplacé plus bas.

Ses yeux brillaient d'appréciation pour la chair laiteuse non marquée exposée, le riche mamelon succulent rouge dépassant bien en évidence dans l'air frais de la nuit.

Il inhala le parfum de lavande qui flottait sur sa peau, sa bite montrant une lueur d'intérêt, mais ensuite ce même intérêt diminuant.

Vladimir était conscient que pour être pleinement excité, il devait prendre un peu de son sang et le mélanger avec le sien.

Elle se pencha et pressa ses lèvres contre sa poitrine, juste au-dessus de l'aréole.

Soufflant doucement, il regarda encore plus la couronne du mamelon.

Des passions sombres explosèrent dans son esprit, les possibilités se disputant la domination.

Alors que ces pensées coulaient à un rythme effrayant, Kristina marmonna «Andrej».

Un mot.

Vladimir s'est assuré qu'il effacerait sa mémoire d'Andrej aujourd'hui de tout son être.

Et il n'avait jamais rompu les promesses faites à lui-même.

CHAPITRE III

Vladimir l'a dépouillé des pièges de l'humanité, repliant ses affaires avec soin et soin.

Il retourna au lit et se positionna sur les cuisses de Kristina, se tordant en avant pour enfoncer ses crocs dans sa poitrine.

Kristina se réveilla avec un hoquet de surprise, fixant cette tête sombre la touchant là où aucun homme ne l'avait touchée auparavant.

Lorsqu'elle déplaça ses mains en attrapant ses cheveux, Vladimir leva ses yeux convaincants et l'arrêta sans parler.

Attirée au-delà de sa compréhension par la magnificence de son regard émoussé, elle fut prise comme une mouche dans une toile.

Les yeux de Vladimir vortexaient de passion, brûlaient d'un besoin impénitent.

'Qui es-tu? Qu'est-ce que tu veux avec moi?' Kristina pleura doucement. 'Laisse-moi tranquille! Sors de ma maison! Ou je vais crier!

Pendant tout ce temps, ses pensées de course la raillaient en sachant que les villageois ne lèveraient pas le petit doigt.

«Je suis Vladimir», entonna-t-il, léchant négligemment ses crocs dégoulinants avec sa langue. «Et je suis ici parce que votre beauté et votre innocence ont attiré mon attention. Je connais vos pensées avant que vous ne les ayez et avant la fin de ce soir, vous connaîtrez la passion que j'ai pour vous. Ne vous y trompez pas, à partir de maintenant, vous serez à moi pour faire ce que je veux. S'il vous plaît, et ce sera plus facile pour vous si vous donnez votre permission de vous posséder. "

Vladimir a choisi ces mots délibérément, sachant que Kristina voulait appartenir à quelqu'un.

Kristina expira lentement.

Elle l'avait vu bouger la bouche, l'avait vu goûter son sang.

Maintenant, elle savait qu'il était un vampire.

Fait intéressant, elle n'avait pas peur de lui et n'était pas repoussée par ses actions.

Elle se demanda brièvement s'il avait jeté un sort sur elle, puis décida que cela n'avait plus d'importance.

Il avait déjà commencé le processus de la sucer et elle savait que tout était perdu.

Se repentant de sa faiblesse de jugement antérieure à l'idée de mettre fin à sa vie, il savait maintenant qu'il voulait vivre.

Sa léthargie s'est dissipée et elle l'a combattu comme un chat sauvage.

Ils se sont battus quand elle a su que son bien-aimé Andrej avait dû se battre comme ça pour rester en vie.

Malheureusement, Kristina s'est battue de manière inégale et a été rapidement maîtrisée, mais a eu recours à un dernier acte désespéré.

Avec Vladimir fermement enraciné sur ses cuisses, ses genoux la tenant en place et ses mains retenant ses bras alors qu'ils s'étalaient sur sa tête, elle se recula puis poussa vers le haut pour tenter de le mordre, ses dents s'enfonçant dans son épaule.

Vladimir sourit parce que Kristina s'était encore plus liée par inadvertance.

Et au lieu de pouvoir se libérer, elle était déjà sa possession avec ce petit échange de sang.

«Ah ma beauté énergique, tu m'appartiendras toujours», ronronna-t-il. «Je suis votre professeur à partir de maintenant.

Vladimir enfonça ses crocs dans sa poitrine impeccable et la tira avec avidité.

Un flot de sang riche s'accumulait pour descendre dans la vallée entre ses seins.

Se déplaçant rapidement le long de son corps, il la mordit encore plus au hasard dans ses explorations.

Il n'avait aucune idée de l'initier doucement.

J'ai été captivée par son esprit et sa vivacité.

Il repoussa la couverture avec son pied et enroula la robe autour de sa taille, célébrant un instant ce qu'il découvrit.

Ces cuisses de soie l'attendaient là.

Le corps de Kristina tremblait de besoins qu'elle ne comprenait pas.

Elle se tortilla sous sa touche magistrale.

Se tortillant inattentif, son esprit s'étouffait de sensations.

Les terminaisons nerveuses picotent à plusieurs reprises sur toute leur longueur, anticipant, consentant fiévreusement à son amant.

Alors que Vladimir enfonçait ses crocs dans sa cuisse, le haut de son corps se redressa par inadvertance et cette fois saisissant ses cheveux, il le tira plus étroitement sur cette peau pâle.

Cette peau chaude sur son corps froid était un soulagement bienvenu.

Buvant à sa faim, Vladimir scella cette plaie d'un tour de langue.

Il pouvait commencer à sentir le sang jaillir de sa queue, devenant plus lourd.

Cela faisait longtemps, trop longtemps qu'il n'avait pas percé la chair d'une femme avec son membre.

Il avait choisi cette femme avec un soin exquis.

Très à l'écoute de ceux qui éprouvent de la douleur, il l'avait recherchée, loin de ses propres terrains de chasse habituels.

Ayant vécu plus de six siècles, il pouvait compter d'une part combien de fois il s'était accouplé.

Conscient que Kristina n'avait pas été baisée par un autre homme, il guida sa main vers sa bite gonflée et l'encouragea à la saisir.

Elle a expérimenté pendant quelques minutes, passant ses mains dessus, apprenant sa forme, sa texture et sa force.

Enhardie par son souffle refoulé libéré d'une manière rude, elle le saisit plus fermement, caressant son sexe de plus en plus fort.

Cherchant l'approbation de ses yeux, sachant qu'elle lui plaisait par la dilatation évidente.

Ses mains trouvèrent sans vergogne un rythme naturel et il appliqua une pression à différents points.

Patiemment, presque tendrement, en silence, Vladimir lui a permis cette liberté.

Le fait de savoir qu'elle était à lui pour toute l'éternité lui donna envie de lui apprendre.

Mais avec le désir en feu, sa patience s'est vite épuisée.

Ses doigts explorèrent son ouverture mouillée, testant sa disponibilité.

Il taquina ses lèvres, passant ses doigts dans ses boucles, les tirant dessus, sentant sa chaleur.

Kristina se déplaçait sous sa main à la recherche de réponses à ces sentiments étranges qui lui faisaient mal dans des endroits inconnus.

Embarrassée par l'humidité, elle rencontra une fois de plus ses yeux avec sa question tacite.

«Kristina c'est un souhait. C'est ton corps qui se prépare pour mon plaisir et ce que sera ton plaisir ».

Kristina n'aurait pas dû être surprise qu'il connaisse son nom.

Il devenait de plus en plus évident qu'il savait tout.

Les yeux de Vladimir brillaient alors qu'il lisait ses pensées.

C'était prêt, prêt et tout neuf.

Avant de la baiser, il allait la goûter.

Il n'était plus à l'abri de ses charmes, il n'était plus en colère, il avait encore faim de faim pour étancher ces passions brûlantes.

Se déplaçant plus bas sur son corps, il plaça ses lèvres et sa langue sur sa chatte.

Il enfonça sa langue à l'intérieur, la sentant trembler sous et autour de son toucher.

Il fit entrer et sortir sa langue d'elle, augmentant encore cette pression, les hanches de Kristina pompant et poussant naturellement pour rencontrer sa langue.

Sans réfléchir, elle correspondait à ses passions.

Juste au moment où elle était au bord du gouffre, il s'écarta pour enfoncer un croc dans son clitoris.

Elle haleta alors qu'elle tombait sur ce bord de passion et renversait son jus sur sa langue d'attente.

Il but profondément, comme il l'avait fait auparavant contre sa cuisse.

Vladimir se réjouit, sentant son sperme sur sa langue, le jus coulant dans sa gorge chargea encore son érection.

C'était aussi incontrôlable que permis.

Maîtriser et plaire à Kristina l'a ravi à l'infini.

Il regarda le dernier de son orgasme, puis regarda son visage.

Elle brillait au clair de lune, le désir débridé persistant dans ses yeux.

CHAPITRE IV

Kristina était hors d'elle, ne comprenant toujours pas ce qui se passait.

Tout son corps était vivant et picotait et elle devait remercier Vladimir pour cela.

Trouvant une confiance en soi inconnue auparavant, elle se glissa courageusement sur le lit jusqu'à sa bouche.

Elle captura ses lèvres, mordant et mordillant de manière ludique, le suppliant silencieusement de continuer.

Elle enroula ses longues jambes autour de sa taille et le berça contre son centre.

Il y avait encore une touche de froideur, mais moins qu'avant.

Ça faisait du bien, il se sentait bien niché entre ses cuisses.

Elle bougea légèrement ses hanches, ses passions loin de s'arrêter.

Vladimir était amusé par ses tentatives flagrantes et inexpérimentées d'éblouir, un participant plus que volontaire.

Cependant, s'amuser ne signifiait pas qu'il allait se faire plaisir.

Il déplaça sa main vers sa queue et la poussa complètement dans sa chaleur, cassant et dépassant facilement son hymen.

Elle a objecté sans signes de bagarre, ce qui a poussé Vladimir à bouger violemment et sans vergogne sans inhibitions.

Il n'avait jamais été intime avec une femme vierge qui l'invitait si volontiers à la baiser sans protester.

Sa mutinerie précédente a été oubliée dans sa quête pour la faire sienne, maintenant il était en totale soumission.

Alors qu'il caressait sa bite dans sa chatte, il caressa également son clitoris, sentant la nervure soulevée laissée par son croc.

Plus chaud que jamais, chaque coup augmente la température de votre corps, avec vos mouvements sans restriction.

Appuyant un coude à ses côtés, il se pencha pour capturer un mamelon, le sentant frôler.

Alors qu'il avait des sentiments limités auparavant, son esprit a explosé dans un kaléidoscope de couleurs.

Ce couplage a dépassé vos attentes.

Le corps de Kristina se resserra autour de lui, le saisissant comme aucun autre ne l'avait fait auparavant.

Ses gémissements s'intensifièrent, sa respiration ralentit jusqu'à haleter.

Poli de son jus, Vladimir se sentit encore plus étendu et savait qu'il était sur le point d'arriver.

Avec une dernière poussée, il les envoya tous les deux sur le bord.

Des lamentations aiguës de passion se mêlaient.

Vladimir pompait sans arrêt à l'intérieur de Kristina, le sentiment le plus proche d'être vivant qu'il avait éprouvé depuis son changement.

Il la rapprocha et remonta le long de son corps, essuyant le filet de sang entre ses seins avant de continuer vers sa bouche.

Il pressa sa bouche contre elle pendant un moment avant d'adoucir le baiser.

Attention à laisser sa bite là où elle était.

Leur premier accouplement complet le laissait toujours vouloir plus.

Pour le moment, il se contenta de la caresser et de s'étouffer dans ses bras.

Ayant dormi dans le sommeil des morts-vivants pendant plus de cinq siècles et demi, il se retrouva curieusement dépensé d'une manière différente.

Kristina le serra plus fort dans ses bras, se serrant autant qu'elle le pouvait pour sa chère vie.

Bien que tout aussi fatiguée et épuisée, elle était dynamisée par son couplage avec Vladimir.

Juste avant de s'endormir, sa dernière pensée fut que son vampire valait la peine de se soumettre.

DEUXIÈME PARTIE
KRISTINA

CHAPITRE V

Je me suis réveillé en sursaut.

La lumière du soleil passant par la fenêtre a réchauffé mon corps.

Gardant les yeux fermés, je m'étirai.

J'avais l'impression que des muscles inconnus hurlaient en signe de protestation.

Me demandant ces mystérieuses courbatures et douleurs, j'ai ouvert les yeux sur un environnement étrange.

Le souffle qui sifflait dans ma gorgè fit s'évaporer immédiatement mon sentiment de bien-être.

J'ai fait le signe de la croix sans hésitation, en me levant et à genoux pour prier Dieu.

Quel mal de plus m'a été imposé? Me dis-je en silence.

N'a-t-il pas assez plu sur ma tête?

Je n'ai reçu aucune réponse.

En fouillant dans la literie, je l'ai écartée pour trouver mes affaires et quitter cet endroit étrange.

S'échapper était ma priorité absolue.

Mes mouvements rapides me donnent un peu le vertige.

J'ai attrapé le montant du lit pour me stabiliser.

Regardant vers le bas, j'ai été frappé par le fait qu'elle était vêtue d'une très belle chemise de nuit en tissu blanc, quelque chose qui n'était pas ma propriété.

Mes peurs augmentaient à chaque instant.

Mon corps a commencé à trembler frénétiquement en pensant à comment je suis arrivé ici.

Oubliant mon but de trouver mes propres vêtements, j'ai couru vers la porte, trébuchant quand j'ai trébuché sur l'ourlet.

Tombant lourdement contre la porte, j'ai gratté la poignée de porte, sachant instinctivement que j'étais enfermé à l'intérieur.

Des larmes de colère et de peur sont tombées quand j'ai fait face aux implications de mon emprisonnement.

Je me suis retourné pour étudier la fenêtre, réalisant qu'il n'y avait pas d'échappatoire là-bas, mais je me suis rapproché pour voir par moi-même.

Déprimé, je me suis mis à genoux en regardant le sol à au moins vingt pieds plus bas.

Je suis resté comme ça incohérent et inconsolable jusqu'à ce que je réalise que mon bras et mes doigts me brûlaient à cause de l'intensité de ce soleil brûlant.

Regardant vers le bas, remarquant la peau rougie, je me suis dépêché de la fenêtre, des souvenirs de la nuit avant de revenir.

Avec horreur, j'ai tout revécu.

CHAPITRE VI

Vladimir dormait dans un environnement sûr pendant que son corps se régénérait.

Il avait emmené Kristina, profitant de l'obscurité de la nuit, dans son château.

Voir sa respiration superficielle alors qu'elle se blottissait contre lui sans le savoir lui apporta une nouvelle résolution de la garder avec lui pour toujours.

Il l'avait enveloppée dans la plus belle chemise de nuit et lui avait embrassé le front.

Satisfait du bien qu'il avait fait pour nous deux cet après-midi.

Une fois qu'il l'a installée dans sa nouvelle maison, elle est allée s'enfermer jusqu'au prochain coucher de soleil.

Le repos était impératif alors que les premiers rayons de l'aube se propageaient dans le ciel.

Sa dernière pensée avant de succomber au doux rêve était qu'il s'était procuré un chaton très excité!

***

Kristina se frotta les yeux sans efficacité comme pour effacer les souvenirs.

Tout cela n'a fait que renforcer le mal de tête aveuglant que j'avais.

Incertain de mon prochain mouvement, je m'assis recroquevillé en boule serrée, me faisant aussi petit que possible.

La tristesse était gravée sur mon visage.

J'aspirais plaintivement au retour de mon ancienne vie avant que tout n'aille en enfer.

Je fronçai les sourcils de concentration, sachant qu'il y avait quelque chose ou quelqu'un que j'avais oublié.

Combattant sans cesse, je suis resté ignorant.

Quoi qu'il en soit, il reviendra.

Je devais garder espoir.

CHAPITRE VII

Surpris que mes pensées se soient éloignées si loin, j'ai été surpris de voir que l'obscurité se formait à l'extérieur.

J'étais assis toute la journée.

Pressé, au-delà de toute croyance, dans ma posture penchée, je me levai maladroitement, remarquant pour la première fois le bol d'eau dans le coin de la pièce.

J'ai rampé avec l'intention d'éliminer une partie de la viscosité résiduelle.

Le caractère collant que je savais répandait du sang vierge sur mes cuisses.

Tout à coup furieux de ce que j'avais perdu, je me lavai furieusement comme n'importe quel méchant l'aurait fait en se tordant les mains sans succès.

Sentant sa présence, outré par ma captivité et ma vulnérabilité, je me suis retourné pour lui faire face.

Laissant sortir un cœur qui s'arrêtait de pleurer, je me précipitai vers lui, les ongles recroquevillés pour lui ratisser le visage.

Toute ma fureur était centrée sur son arrogance et sa vanité.

Vladimir captura facilement ma main et la tira derrière mon dos, me rapprochant de lui.

Levant ma poitrine, je le fusilla du regard, pensant lui cracher au visage.

Puis j'y ai pensé mieux, en observant son expression granitique.

J'ai essayé avec émotion de le regarder, l'arrogance évidente dans chaque ligne de mon corps.

***

Vladimir a ri!

Appréciant son esprit et pensant qu'elle était belle dans sa fureur.

Sachant qu'elle préférait se crever les yeux à la moindre occasion, il savait qu'il devait mettre fin immédiatement à cet effort infatigable et futile.

Désireux de la décanter à volonté, il se pencha, forçant Kristina à pencher son corps en arrière.

Un petit cri aigu traversa ses lèvres.

Il se battit en vain, gémissant, la rage s'échappant de son corps face à sa détermination à la dominer.

Satisfait d'avoir réalisé sa puissance et son impuissance, cela le fit se redresser une fois de plus.

Se révélant, il enfonça ses crocs dans sa poitrine, son crucifix se balançant sauvagement avec ses mouvements saccadés.

Elle se calma bientôt et le laissa boire à sa faim.

Avec un scintillement gourmand dans ses yeux, il l'appuya contre le lit, la positionnant de sorte que son ventre soit contre la planche du bas, lui exposant son cul.

Sans cérémonie, il a soulevé la chemise de nuit de son corps et a glissé sa bite dure en elle.

Pour son impertinence, il l'a baisée durement, ne se souciant pas si elle était prête à le recevoir.

* * *

Kristina, pour sa part, s'est retrouvée à répondre à contrecœur à ses poussées.

Je remarque comment il se préparait à cause du jus qui coulait de ma chatte.

L'assaut précédent m'avait excité, la fine ligne entre la rage et la passion traversait sans effort dans mon esprit.

Avec mon bras toujours plié derrière mon dos et mon corps penché en avant, je ne pouvais pas faire grand-chose.

Il était perché sur la pointe de mes pieds pour accueillir la bite de Vladimir.

La tension physique n'a fait qu'accroître notre couplage.

En l'enveloppant de ma chaleur humide, je l'ai porté complètement à l'intérieur.

Chaque impulsion me rapprochait de cette sensation éthérée de la nuit précédente.

Je m'en souvenais clairement, le reste de ma vie devant lui encore enveloppé de mystère.

Je pouvais me sentir m'effondrer grâce à toute sa queue palpitante, un soupir de plaisir s'échappant de mes lèvres.

Je ne me souciais plus de ce que j'avais fait avant, j'étais déjà enthousiaste.

* * *

Vladimir sentit Kristina l'accueillir et se pencha une fois de plus pour enfoncer un seul croc dans le côté de son cou alors qu'il frappait à nouveau son cul.

La satisfaction brillait de lui à partir de l'intérieur.

Ne voulant pas endommager sa peau de porcelaine, il mit sa langue là où il avait laissé la marque de perçage sur son cou, le scellant à nouveau.

Il lécha le sang de son croc et relâcha son bras.

Puis il s'est éloigné pour lui permettre le luxe de se tenir debout.

CHAPITRE VIII

Kristina se surprit à apprécier le geste et à hausser les épaules inconsciemment.

Je tournai la tête et passai le bout de ma langue sur mes lèvres.

J'ai été surpris de constater que j'avais faim de plus.

Me retournant, je me suis précipité sur Vladimir, non pas avec colère, mais avec une passion brûlante.

Pris par surprise, nous sommes tombés au sol.

Riant ravi de l'air de surprise sur son visage, j'ai retroussé mes lèvres dans un sourire diabolique.

Il était sensible aux choses que lui seul m'avait fait ressentir, expérimenter et oublier.

En pensant à sa bite dans ma bouche, j'ai remonté son corps jusqu'à l'endroit où il était en tremblant.

Agenouillée entre ses genoux, mon visage posé entre mes mains, je la regardai pendant un moment.

Le soyeux de ses cheveux noirs refait surface à mon contact.

Je passe mes doigts à travers lui, regardant des choses intéressantes arriver à sa queue.

La salive fait une apparition aux coins de ma bouche.

J'avais faim de son goût et de son odeur.

L'impatience a parcouru son corps à cause de ma supposée inertie.

J'ai laissé mes yeux rencontrer les siens et une fois que j'ai verrouillé les yeux avec les miens, j'ai déplacé ma bouche sur sa bite.

Envoûté, pris dans ses yeux sombres, les yeux remplis d'une ferveur débridée.

Le froid glacial est entré en collision avec la chaleur chaude instantanément.

Aucun de nous ne regardait déjà ailleurs, célébrant avec le désir correspondant qui nous enveloppait.

Ma bouche chaude et humide le captive, l'enveloppe.

J'ai commencé à sucer comme si ma vie en dépendait.

Approfondissant mes coups, ma langue et mes lèvres coulaient follement alors que sa bite devenait encore plus grosse.

Mes mamelons se plissèrent alors qu'ils frôlaient les côtés de ses cuisses et le tapis sous nos corps affaissés.

En le poussant plus loin avec mon regard et ma bouche, je voulais secouer son monde et mettre sa supériorité de côté.

***

Vladimir a lu avec précision toutes les émotions qui se reflétaient dans les yeux de Kristina.

Si elle pensait qu'il allait se laisser berner par elle, elle avait tristement tort.

La laissant avoir sa petite rébellion, il était vraiment le vainqueur alors qu'il regardait sa tête monter et descendre sur sa bite complètement gonflée.

Ses cheveux noirs tombant librement sur ses cuisses, la transpiration sur sa lèvre supérieure due à ses efforts.

Vladimir triomphant à votre service.

Et elle apprenait vite.

"Elle est en train de devenir une bonne suceuse de bite, un bonus supplémentaire à ma victoire", se dit-il.

Il l'encouragea encore plus en soulevant ses hanches vers sa bouche avide.

Secouant sauvagement ses mouvements de langue.

Vladimir sentit la dernière vague approcher, tout comme Kristina.

"AAAAhhhhhhhhhhhhhhh!"

Son cri résonna dans la chambre à coucher.

Merde, c'était fantastique!

De grandes quantités de sperme coulaient de sa bite dans sa bouche d'attente.

Kristina a tout capturé et a continué à sucer.

Il a aspiré le dernier filet de sperme et a expiré bruyamment.

Une fois que Kristina sut qu'il avait fini de la remplir, elle posa sa joue contre sa cuisse, léchant les dernières gouttes de sperme de ses lèvres.

CHAPITRE IX

Kristina, viens ici!

La voix était imposante.

J'avais dormi contre sa cuisse, mon corps réagissant immédiatement au ton péremptoire.

De ressentiment parce qu'il m'a parlé comme ça après ce que nous avons partagé, je suis resté là où j'étais.

Il n'apprend pas facilement cette leçon d'obéissance.

Vladimir soupira face à ma timidité et roula à ses côtés.

Elle se leva gracieusement et se dirigea vers le placard de l'autre côté de la pièce.

En ouvrant les portes verrouillées, je regarde ce qui y était stocké.

J'ai feint l'indifférence et fermé les yeux.

Sur le dos, j'étirai langoureusement mon corps contre l'épais tapis.

Il a dû trouver ce qu'il cherchait car il était de nouveau à mes côtés.

Ploc! Ploc! Ploc!

Surpris, je me suis retourné, ou plutôt essayé, mes mains s'envolant vers mes seins nus.

Vladimir avait chevauché mes cuisses et quand j'ai levé les yeux, je pouvais voir le fouet à long manche qu'il portait.

Sur le point d'attaquer à nouveau, son front se plissa d'intensité et d'impatience.

Je l'avais irrité avec mon opposition continue.

Il attendait la prochaine punition, car en fait c'était une punition.

La peur remplaçant cette satisfaction, mon sourire disparut.

Mes yeux s'écarquillèrent sur ses orbes se sentant perdus et impuissants, sans évasion évidente.

Avec ma respiration rapide et mon calme, je devenais fou!

Il a dansé le fouet au hasard, le tapotant légèrement contre ma peau, pas fort, mais avec assez de force pour imposer sa volonté à mon insolence.

J'avais besoin d'apprendre l'humilité et la soumission rapidement ou je ne survivrais pas quand le fouet m'a puni à nouveau.

* * *

Vladimir était de mauvaise humeur, ses chocs déformant ses beaux traits.

Il n'était pas violent malgré ses tendances naturelles.

Il préférait la captiver par son comportement et son charme, mais en dernier recours, il le ferait, il afficherait cette démonstration physique de ses pouvoirs.

À son grand regret, il a regretté le point atteint.

Cependant, il ne marquerait pas sa peau et il n'avait pas l'intention de briser complètement son esprit, il voulait juste qu'elle soit plus attentive à ses besoins.

Les vampires les avaient aussi.

Il a couvert à plusieurs reprises tout son corps de ces caresses.

Il mania le fouet, avec lequel il s'entraînait depuis longtemps, jusqu'à ce qu'il le pose enfin sur l'arrière de ses pieds.

Sa patience se réaffirmant face à sa conformité et sa douceur à accepter sa suprématie.

Kristina était un match pour lui de plusieurs manières, mais pas quand il s'agissait de son autorité, l'emportant sur tout le reste, haut la main.

* * *

Kristina soupira lorsqu'elle lâcha enfin le fouet.

Peut-être que me soumettre à lui serait ma pénitence et mon salut.

Vladimir a tendu la main pour me soulever.

J'en étais reconnaissant.

En me levant, j'ai emmêlé mes mains dans les mèches de cheveux sur sa poitrine.

Il a tiré sur mes boucles de manière ludique par le bas, insérant un doigt puis deux en les étirant.

Posant mes mains sur ses épaules, j'écartai les jambes pour me stabiliser.

Attrapant à nouveau mes yeux avec les siens, je sentis sa puissance, ma respiration s'accéléra.

Ses doigts glissent avec mon jus qui bouge rapidement maintenant.

Il les a rapidement portés à nos bouches respectives et nous les avons allaités.

Mes yeux s'écarquillèrent alors que je me testais, les siens aussi.

Ensuite, il est revenu pour répéter le processus.

Le jus coulait le long de mes cuisses alors je me tortillais contre ces doigts qui en voulaient encore plus.

Des tremblements ont glissé de mon ventre.

Ma chatte palpitait et se régalait contre ses doigts magiques.

En collant mes doigts dans ses cheveux, j'approchai sa bouche de la mienne.

En savourant, j'ai mis ma langue à l'intérieur pour combattre la sienne et imiter ce qui se passait ailleurs.

Dieu, c'était génial.

Je grognai dans sa bouche alors que je cherchais glorieusement ces doigts curieux.

Rompant le baiser, je tournai mon visage vers sa poitrine pour profiter des effets persistants de mon orgasme.

CHAPITRE X

Une fois que Kristina a récupéré, il l'a déplacée au lit.

Tombant sur la literie jonchée, ils entreprirent de faire quelque chose qu'ils n'avaient pas vraiment fait avant ce point.

Lentement, ils ont soigneusement exploré les corps de chacun.

Mains et lèvres à la recherche de trésors inconnus et de parties relativement intactes.

Vladimir fit rouler Kristina sur son ventre, laissant ses mains libres.

Pétrissant et modelant les muscles délicats de son dos, il l'embrassa le long de sa colonne vertébrale jusqu'à la plante de ses pieds.

La chatouillant avec sa langue, il lui fit mettre un sourire sur ses lèvres.

****

Réfléchi, je me tournai sur le dos, faisant des gestes avec mes mains et attirai Vladimir vers moi.

Fermant mes bras autour de lui, m'émerveillant de la force de tension dans tout son corps.

J'enroulai mes jambes autour de sa taille reposant là.

Je pris son visage entre mes mains et je serrai ses lèvres avec les miennes, fondant dans le baiser.

Ravi de sa gentillesse, j'ai continué.

Sa peau avait un impact sur la mienne.

Je me suis déplacé contre elle, avide de contact.

La satisfaction a parcouru mes veines.

****

Vladimir était prêt à suivre où elle menait cette fois.

Son sexe remuant contre l'humidité continue de sa chatte cherchant l'entrée cachée.

Il effleura son pouce contre son clitoris, faisant tomber une petite exclamation de ses lèvres entrouvertes.

En recevant son signal tacite haut et fort, il se détendit dans sa chaleur.

Traits lents, longs et même en accompagnement avec le pouce.

Elle bougea ses hanches et le rapprocha d'elle-même.

L'amour qui a eu lieu alors était doux et sincère.

* * *

Kristina s'est entraînée à serrer ses muscles contre sa bite dure.

Pulsant, mes chevilles l'ont enfermé dans ma chaleur.

Instinctivement, je tendis la main pour grignoter sa poitrine.

Le petit membre s'y formait maintenant entre mes tétons espiègles.

Léchant son corps, j'ai secoué mes hanches.

La joie pure s'est répandue dans mon corps aux réponses de Vladimir.

Profiter de l'impact que nous favorisons les uns sur les autres.

Sans réfléchir, sans temps ni réalité, nous nous donnons les uns aux autres.

"Mon seigneur Vladimir, je resterai avec vous pour toujours."

"Kristina, de votre plein gré, j'accepte votre offre."

Nous avons conclu notre accord pour le reste de la nuit.

TROISIÈME PARTIE
ANĐELKO

CHAPITRE XI

Une fois de plus, Kristina s'est retrouvée seule à son réveil.

Cependant, c'était en toute connaissance de cause qu'ils avaient été complètement rassasiés la nuit précédente.

Un petit sourire apparut sur ses lèvres alors qu'elle s'étirait avec luxure et saluait la journée.

Son corps lui faisait mal, mais c'était avec une sensation de bien-être.

Soudain, elle réalisa ce qui l'avait tirée des rêves succulents qu'elle avait vécus.

Coups violents à la porte d'entrée.

Ploc! Ploc! Ploc!

Et une voix hurlait d'agitation et de colère.

Pensée, elle revêtit la robe que Vladimir lui avait laissée et se précipita vers la fenêtre.

Stankov!

Que faisait le frère d'Andrej ici?

Il claqua de nouveau son poing vers la porte avec frustration et se retourna devant le portail.

«Stankov! Elle a crié en réponse à sa détresse.

Il reporta son regard furieux sur son visage.

"Qu'est-ce que tu fais ici? Je pensais que personne ne me manquerait ou ne viendrait pour moi."

"Kristina! Ça va?" Sa voix rauque, forte et pleine de soulagement. «Je suis venu te ramener là où tu appartiens. Goran a vu ce démon t'entraîner et nous t'avons suivi ces deux derniers jours. Viens, Kristina, le jour grandit et nous devons partir rapidement.

Son urgence se traduisit en elle, mais elle savait que cela ne pouvait pas être le cas.

Vladimir le battrait à mort avec tous les autres villageois.

«Vous devez arrêter, Stankov. Maintenant, j'appartiens à Vladimir. Il se tordit les mains en disant cela et espéra que l'appréhension qu'il ressentait ne communiquait pas avec Stankov. "Je ne peux pas aller avec toi. Je me suis soumis à lui et j'accepte mon sort."

«Tu ne peux pas dire ça Kristina! Si tu aimais Andrej, tu ne dirais pas ça. Il se signa rapidement. "Vous vous embarrassez vous-même et la mémoire de mon frère. Maintenant, est-ce que vous sortez ou est-ce que je rentre?"

Elle a commencé à paniquer.

Stankov était têtu et pouvait être violent.

Il avait tourmenté son doux Andrej en grandissant, se moquant de ses rêves et se moquant d'elle comme son choix.

Stankov avait décidé depuis longtemps qu'il l'aurait et quand elle a rejeté ses avances, il était furieux.

Stankov avait même essayé de la compromettre, essayant de la maltraiter.

Su Andrej, sachant que la vérité était du côté d'elle, la défendit.

Cela l'avait conduit à être marginalisée du village.

Oh, il détestait farouchement Stankov.

Il était la source d'une grande partie de son malheur.

Stankov avait incité Andrej à rejoindre l'armée du Kaiser.

Ses yeux brûlaient de mépris.

Il l'utilisait égoïstement et le remettrait à ses amis.

Elle remerciait Dieu maintenant que Vladimir l'avait trouvée.

Quel étrange tour les événements avaient pris.

De la transpiration s'est formée sur sa lèvre supérieure.

Il devait réfléchir et choisir ses mots avec sagesse.

"Stankov, j'ai trouvé une nouvelle maison et je souhaite vivre en paix. Vous pouvez avoir tous mes biens, allez-y et laissez-moi tranquille. Ma décision est prise."

Elle essaya de le calmer, le suppliant enroulant sa voix.

Stankov était avide; il pourrait continuer avec l'idée.

Il détestait être si lâche, mais ses options étaient très limitées.

Il grogna:

"Ce n'est pas fini, Kristina. Je reviendrai vous chercher! Vous avez seulement reporté l'inévitable." Sa voix était remplie de joie sadique. "Et je te ferai payer pour ne pas partir maintenant."

Il tourna les talons, appelant Goran.

Il tituba vers les chevaux.

Lourdaud! Elle pensait.

Il était grand, mais avec des épaules voûtées et des cheveux filandreux et gras.

Son souffle était offensant et ses dents noircies.

Cependant, son apparence négligée n'a pas diminué le pouvoir de son corps.

Sa poitrine et ses bras ondulaient de muscles et ses cuisses étaient puissamment construites.

Sa foulée s'allongea, il jeta un dernier coup d'œil à l'endroit où elle était enracinée.

Il était tout le contraire d'Andrej, soupira-t-elle.

Là où Stankov n'était que force brute, Andrej avait été poésie et beauté.

Oh vraiment comme il m'a manqué.

Elle poussa un soupir de soulagement quand ils partirent, mais maintenant, elle se retrouva avec ses souvenirs d'Andrej.

Elle pleura silencieusement, des larmes coulant sur ses joues alors qu'elle se déchargeait.

Le rire et la joie qu'ils avaient partagés ensemble.

La douceur de ses baisers, si doux et si affectueux.

La douleur emplit son âme une fois de plus à sa perte.

CHAPITRE XII

Vladimir remua et gémit dans son sommeil.

Il sentait que les choses n'allaient pas et cela le mettait très en colère.

Son esprit cherchait où se trouvait Kristina, heureuse qu'elle soit dans sa chambre.

Il fronça les sourcils à ses larmes et était frustré qu'il soit trop tôt pour aller la voir.

Il a essayé de se connecter avec son esprit pour chercher ses réponses, mais il a trouvé cela fermé pour lui.

Cela ne devrait pas être changé.

Il réfléchit.

Aussi déterminée qu'elle soit, elle doit aussi apprendre cette forme de communication.

Sachant qu'il ne pouvait rien faire pour le moment, il a décidé de conserver sa force et d'aller au fond de lui quand il a fait surface.

***

Kristina sentit quelque chose glisser au bord de son esprit.

Momentanément distraite, elle essaya de trouver la source de son inconfort.

La futilité a rencontré ses efforts.

Soupirant, elle essuya les larmes de ses yeux et se détourna de la fenêtre.

La chambre était en désordre après ses singeries de la nuit précédente.

Cela la fit se sentir mieux, se souvenant d'avoir été aimée la nuit dernière.

Elle a décidé qu'il était temps d'essayer d'explorer sa nouvelle maison.

Instinctivement et sachant qu'elle trouverait la porte non verrouillée, elle l'ouvrit dans un couloir orné.

Oh! Elle a respiré.

La magnificence l'entourait de tous côtés.

Les moulures qui séparaient les murs du plafond étaient sculptées dans du bois clair.

Peu meublé de bustes, de statues et de magnifiques tapis, le couloir s'étendait sur toute la longueur de la maison avec des portes périodiquement entrecoupées.

Sa curiosité naturelle a surgi et il a commencé à explorer avec facilité.

En regardant dans les pièces, il trouva finalement la chambre de Vladimir.

Dire que c'était un homme serait un euphémisme.

Son lit magnifique avait une tête de lit et une plinthe richement sculptées.

Son placard répéta la même touche sombre qu'il portait.

Il y avait des chaînes et des poignets attachés à chaque poteau.

Avec hésitation, il se dirigea vers eux et passa un doigt sur l'un d'eux.

Le bracelet était fait du meilleur cuir sculpté au monde, l'intérieur doublé de la peau de loup la plus douce.

Elle grimaça aux implications de cela.

Mais elle n'avait plus peur de son amant noir.

S'approchant du côté du lit, elle leva un genou vers la couverture et se fraya un chemin à travers la vaste étendue pour se délecter de sa sensation satinée.

Se sentant décadent, il s'étira et se délecta de la froideur qui y était inhérente.

Souriant en extase, elle ferma les yeux, imaginant ses mains sur son corps, se soumettant à nouveau à sa volonté.

Malgré sa récente perte, il sentait qu'il appartenait déjà ici et détestait le quitter.

Recroquevillée sur le côté, elle s'endormit légèrement.

* * *

Au réveil plusieurs heures plus tard, avec ses cheveux lâches enroulés autour de son corps, il a commencé à l'explorer, à la recherche des endroits que Vladimir aimait le plus.

Sa main s'attarda sur sa poitrine, son mamelon se plissa pendant une minute, se rappelant la sensation de ses lèvres et de ses crocs.

Elle remonta sur la pointe des pieds jusqu'à son ventre et y passa une main, descendant toujours plus bas, perdue dans l'attrait des caresses rappelées.

Finalement, sa main atteignit ses boucles inférieures, légèrement humides déjà de ses efforts.

Glissant un doigt contre ses plis, elle inséra avec plaisir son doigt avec son excitation grandissante.

Fermant les yeux, il a joué ici et là, s'ouvrant à l'expérience, quelque chose qu'il n'avait jamais fait auparavant.

CHAPITRE XIII

Vladimir, enfin réveillé, passionné par les sentiments qu'explorait Kristina, était heureux de la retrouver dans sa chambre.

Son corps vibrait alors qu'il s'identifiait si étroitement à elle, l'ayant goûtée, il ne perdrait jamais cette connexion.

Malgré sa faim insatiable, il décide d'aller jouer avec elle pendant un moment.

Il attendrait qu'elle s'endorme tous les soirs pour aller chasser.

Son esprit avait besoin de son intelligence et de son esprit, quand elle le lui montra.

Son corps lui faisait mal, tellement impatient d'apprendre tout ce qu'elle avait à offrir, et finalement, alors qu'il avait envie de la transformer, il savait qu'il ne le ferait pas.

Au moins pas encore.

Il appréciait sa chaleur et son humanité, qu'il n'était pas prêt de perdre.

Se levant, il se précipita dans sa chambre, impatient de savourer à nouveau sa jeune viande.

Ouvrant la porte, il se figea un instant, se regardant se livrer.

Sa respiration augmentait à chacun de ses coups.

Le regard de Kristina se fixa sur le sien, et son audace augmenta.

Élargissant ses jambes, invitant à une inspection plus approfondie, elle se cambra sinueusement hors du lit, le regardant.

Ah, pensa-t-elle, elle joue la salope et la tentatrice ce soir.

Il étendit lentement sa langue et se lécha les lèvres par anticipation.

***

Elle ne savait pas trop comment procéder, mais Vladimir ne semblait pas s'en soucier.

Elle se déplaça lentement et gracieusement vers le bord du lit et commença à enlever ses vêtements, les empilant soigneusement sur le banc qui se trouvait près du lit.

Son corps dans la douce lueur des bougies, se révélant à ses yeux dilatés.

Son pouls battait à la base de sa gorge, sa poitrine montait et descendait avec des mamelons durcis, son abdomen tendu attira ses yeux pendant une seconde.

Elle n'avait jamais eu la chance d'apprécier pleinement son corps, mais maintenant elle prenait le temps de savourer ce qu'il avait apporté, et elle continuait à jouer avec elle-même tout en le faisant.

Ses cuisses puissantes et ses mollets musclés ne faisaient que l'enhardir encore plus, surtout en voyant la taille de son pénis, complètement étendu.

Il se leva pour s'allonger contre le bas de son ventre.

Son Vladimir se tenait fièrement et sans honte devant elle, l'encourageant à le voir pleinement.

Il se tourna lentement pour lui montrer son dos.

Les muscles qui ondulaient dans tout son corps à son souffle expulsé.

Ses doigts le démangeaient de caresser son dos, lui ratisser les ongles, le mouler sous ses mains.

Ses fesses fermes, rondes et dures lui coupèrent le souffle.

Lui faisant à nouveau face, il tomba sur un genou sur le lit et s'avança sur sa forme tremblante.

Un de ses doigts recouvrit le sien, celui qui bougeait contre ses lèvres sensibles, et il bougea avec elle.

Je pouvais voir qu'il appréciait la tache de salive qui se transmettait maintenant à son doigt.

D'un coup d'œil, il leva le doigt pour savourer ce qu'il y avait déposé.

Aucun mot n'a été prononcé, aucun n'était nécessaire.

Soudain, ils entendirent une légère agitation approcher.

Fronçant les sourcils, le visage rapidement enragé par cette interruption, Vladimir se dirigea vers la fenêtre et ouvrit le rideau, pour regarder.

Il se tourna vers elle, un masque terrible qui lui faisait un peu peur à cause de son intensité.

"Les villageois! Ils portent des torches et des croix! Que savez-vous de cela, Kristina? Dites-moi vite pourquoi il n'y aura pas de sang s'ils continuent avec ça!"

Poison sortait littéralement de sa bouche alors qu'il crachait en parlant.

"Mon Monsieur." Elle trembla et lui parla rapidement de la visite matinale de Stankov et Goran.

«Bah! Je vais faire face à cette insurrection! Vous devez rester où vous êtes, m'entendez-vous? Il l'a presque fait tonner.

Elle hocha docilement sa commande.

Il s'habilla un peu pressé et partit en fermant la porte de l'extérieur.

Quand cela s'est produit, il a couru à la fenêtre.

Sa respiration s'est presque arrêtée alors qu'il attendait la confrontation.

Cet imbécile, Stankov, dirigeait le groupe qui approchait rapidement.

De son point de vue, il pouvait voir Vladimir partir, avec deux chiens-loups des steppes à ses côtés.

Vladimir se prépara impérieusement à une confrontation sûre.

Quelques membres du groupe attaquant ont montré de l'hésitation dans leurs démarches, mais Stankov s'est avancé avec un air déterminé sur le visage.

"A quoi dois-je le plaisir de votre compagnie?" L'élégance de Vladimir dans sa voix.

Kristina ne s'attendait pas à ça.

Il attendait le groupe paresseusement, il semblait maintenant indifférent par rapport à quelques minutes plus tôt dans la chambre.

Une main posée sur chacune des têtes des chiens.

"Ils se rendent compte que le traité est en place depuis près d'un siècle. Pourquoi le rompre maintenant?"

Ses sourcils levés ajoutaient de la profondeur à la signification de ses mots, aussi agréablement qu'il parlait à l'époque.

Kristina pouvait voir la rage à peine contrôlée trembler sous son comportement.

Sa patience était sévèrement punie en ce moment.

"Amenez-nous la fille, vous! Notre accord était que vous ne vous êtes pas mêlé des affaires du village. Votre comportement abominable nous a amenés ici. Je ne partirai pas sans la fille." Stankov cracha par terre.

"Une telle insolence de la part d'un jeune chiot. Fais attention à tes paroles et à tes actes. Kristina m'appartient maintenant. Je me fiche de tes attentions. Le contrat avait aussi un code indiquant que si quelqu'un comme elle m'appelait, j'aurais droit à elle. Pour assurer la prospérité continue de votre village, j'en revendiquerais un comme le mien tous les cent ans. Il était temps. Les anciens de votre village qui ont signé le pacte avaient plus de respect! Bah! Partez! Avant que vous n'ayez raison de regretter! "

Kristina retint son souffle, regardant la scène se dérouler devant elle.

N'était-ce rien de plus qu'un objet à échanger?

Ses préoccupations initiales pour toutes les parties se sont estompées lorsqu'il a envisagé cette idée.

Elle a constaté qu'elle n'aimait pas du tout l'idée.

Stupide! Elle s'est réprimandée. Je ne serai pas traité comme tel!

Il chercha un moyen d'échapper aux confins de la pièce, une détermination évidente à chaque pas.

Elle s'est habillée et a tiré ses cheveux au hasard, regardant de chaque côté pour avoir une chance d'ouvrir la porte.

* * *

Vladimir était légèrement amusé par les pensées qui lui traversaient l'esprit.

Je les traiterais plus tard.

Le problème immédiat était de gérer la mutinerie, et malgré les grognements sourds de Darija et Roko, le petit groupe continua avec défi devant lui.

Ils étaient équipés de fourches, de piquets, de croix et de torches.

L'amusement de Vladimir décupla.

Bah!

Il imaginait qu'ils avaient entendu trop de légendes anciennes sans valeur.

Il fit un pas en avant et, par la force de sa personnalité, les fit reculer collectivement, à l'exception de Stankov.

Sa volonté lui fera tenir bon.

L'homme était aussi stupide que le pensait Vladimir.

"Tu ne me fais pas peur! Je veux ce qui est à moi! Ce que je me suis promis! Andrej était faible; il ne savait pas comment gérer une femme sexy comme Kristina! Et je le ferai!"

Stankov a piétiné le sol avec une botte et a essayé de porter la torche enflammée sur le visage de Vladimir.

Les chiens ont sauté dans les airs et ont renversé Stankov, le plaquant au sol.

Ses dents grognantes effleuraient à peine la chair de son visage.

Même sur le dos, Stankov regarda Vladimir avec défi.

«Vous testez ma patience! Allez vous tous! Maintenant! Avant de libérer les chiens de l'Enfer! Avant de prendre vos femmes et vos enfants et d'en faire mes serviteurs! Avant de maudire vos champs à Puisses-tu rester en jachère et mourir de faim! Je suis tout-puissant et je détruirai complètement quiconque s'oppose à ma volonté!"

Les yeux violets de Vladimir semblaient briller d'une teinte rouge et il était plus pâle qu'avant.

Il découvrit ses crocs et leur fit un sourire méchant.

Ponctuant ses paroles sans paraître avoir besoin d'aucun effort, il fit lever Stankov du sol et léviter incrédule.

Les villageois ont laissé tomber leurs outils et ont couru aussi vite que leurs jambes pouvaient les porter, pour ne jamais retourner au manoir.

Stankov tremblait violemment et cherchait un soulagement à la douleur qui traversait son corps, comme s'il était couvert de fourmis de feu et tourmentant sa chair.

Il frissonna et trembla d'une voix remplic de douleur qui implora la créature devant lui:

"J'y vais! J'irai! Lâche-moi, je ne te dérangerai plus!"

"Vous avez encouru ma colère, paysan! Vous n'avez plus la liberté de choix. Je ne trouve aucune compassion pour vous ou votre situation! Vos intentions envers Kristina ne resteront pas impunies. En tant que tel, vous êtes condamné à parcourir la Terre à partir de maintenant. moment comme un mort-vivant. Impuissant. Vous serez vulnérable à tout ce qui vous arrivera. Vous vous défendez et personne ne vous aidera. Je le répète, personne ne peut vous sauver! "

Avec cela, Vladimir s'est mordu le cou, le drainant à la mort, le laissant suspendu dans l'équilibre entre la vie et la mort.

Il permit à Stankov de tomber au sol et regarda Darija et Roko le traîner avec leurs dents hors de vue.

Il a laissé la marque et l'odeur de son dégoût imprégner l'air autour de Stankov.

Il savait que ses camarades vampires laisseraient quelqu'un comme lui seul à condamner.

Personne n'offrirait de sauver sa peau sans valeur.

Avec un sourire satisfait jouant sur ses lèvres, Vladimir se tourna vers Kristina et sa furcur brûlante.

CHAPITRE XIV

Anđelko, le serviteur bien-aimé de Vladimir, entendit les cris de frustration de Kristina.

Il se précipita vers la porte, écoutant sa diatribe et ses diatribes alors qu'il essayait de déverrouiller la serrure.

Mais il hésita, incertain de la cause de sa colère.

«Madame Kristina? Je suis Anđelko, la servante de Vladimir. Puis-je vous aider de quelque manière que ce soit?

"Laisse moi sortir!" Il claqua contre la porte dans un éclat de colère renouvelée.

"Je ne comprends pas ce qui s'est passé ici et je ne vais pas m'engager à aggraver la colère de Maître Vladimir." Il a dit simplement. "Je suis sûr que lorsque Maître Vladimir aura fait face à l'insurrection à sa porte, il la reverra."

"Vous allez me laisser sortir maintenant, Anđelko! Je ne suis pas un morceau de viande pour lequel les chiens peuvent se battre! Votre maître a beaucoup à répondre!" Kristina n'arrêtait pas de frapper à la porte.

"Ah ... voilà le Maître arrive!"

Anđelko était soulagé, en dépit de voir les braises accumulées de colère fraîche toujours présentes sur le visage de Vladimir.

Il s'inclina silencieusement et se dirigea vers la cuisine pour préparer un repas léger pour eux.

Vladimir reconnut Anđelko, plaçant une main sur son épaule en signe de camaraderie et lui faisant un clin d'œil.

Anđelko rit silencieusement, sachant que Kristina allait se faire réprimander pour son comportement, ou était-ce l'inverse?

Vladimir entra dans la pièce et leva aussitôt la main pour éloigner les divers objets que Kristina lui lançait.

Son corps se tordit d'amusement face à sa colère.

Comme il aimait la voir comme ça.

Presque comme une Valkyrie habillée pour la bataille.

Ses cheveux tournaient autour d'elle sans inhibition.

Sa position se planta alors qu'elle s'approchait négligemment de lui pour lui lancer les objets.

Sa poitrine se souleva, des orbes sortant du haut de sa robe.

Sa peau était rouge et sa respiration était difficile.

Vladimir a tout compris en un coup d'œil.

Un moment, il tourna le dos à la porte, le suivant, il fit épingler Kristina à sa poitrine.

"Aargh! Comment as-tu fait ça? Bête! Créature démoniaque! Tu m'as menti! De quel pacte as-tu parlé? Je veux partir immédiatement! Tu n'as pas le droit de me garder ici!"

Elle se débattait avec passion et vigueur renouvelée, essayant de sortir de ses bras.

Ses premiers sentiments de tendresse pour lui furent oubliés dans sa colère.

Vladimir leva les yeux vers le ciel pendant un moment, priant pour la patience.

Il n'avait pas oublié comment le faire, car il avait été un homme pieux avant sa transformation.

Et un test pour sa patience était elle en ce moment.

Il la secoua doucement, capturant ses yeux avec les siens.

«Tu dois abandonner ça, Kristina, immédiatement! Je te dirai tout, mais cette attitude s'arrête maintenant. Maintenant, calme-toi et écoute ce que j'ai à dire.

Kristina le regarda avec suspicion, sa poitrine toujours pressée contre Vladimir.

Cela a provoqué une contraction plus faible qu'il a ignorée pour le moment.

Il attrapa sa main et la conduisit vers la porte, à sa surprise.

Ils marchèrent dans le couloir jusqu'au grand escalier que Kristina n'avait pas eu l'occasion d'explorer auparavant, puis dans la salle à manger.

Vladimir aida Kristina à s'asseoir sur une chaise et se déplaça rapidement vers la sienne.

Anđelko leur servit silencieusement un repas froid de vin et se retira vers le mur du fond pour attendre d'autres instructions.

Kristina regarda Anđelko brusquement et pour la première fois, un éclair de mémoire traversa son visage.

Cela lui semblait vaguement familier et pourtant il ne pouvait pas le situer.

Anđelko, pour sa part, se déplaçait avec inquiétude devant la franchise de son regard émeraude.

Il se demanda si Vladimir était prêt à parler de tout.

Il n'était pas sûr s'il aimerait le changement qu'elle pourrait vivre si elle savait qui il était vraiment.

***

Kristina le regardait et elle vit un homme grand, mais un peu plus petit que Vladimir.

Anđelko avait les yeux bleu clair avec des iris bleu marine, de longs cils, que l'on ne trouve généralement pas chez un homme, des pommettes hautes et proéminentes et un nez légèrement tordu après avoir été cassé dans sa jeunesse.

Ses lèvres étaient pleines, avec des rides de rire bordant les coins de sa bouche.

Elle avait de longs cheveux blonds bouclés qui effleuraient la nuque en tombant le long de son petit dos.

Ses avant-bras étaient puissamment construits en fonction de ce qu'elle pouvait discerner en les voyant sous ses manches retroussées.

Et la chemise blanche à gorge ouverte coulait gracieusement dans son simple pantalon de paysan.

Son corps trahissait son riche passé paysan, mais il était bien proportionné.

« Kristina ». Vladimir inspira pour attirer son attention d'Anđelko. « J'ai vécu longtemps et bien, même si parfois je suis seul. En cherchant un moyen d'étancher ma soif, les villageois ont senti que leur nombre de personnes diminuait. Dans un effort de concordance, j'ai accepté de ne pas faire preuve de discernement dans mes relations avec eux. et ils ont à leur tour accepté de me protéger pendant les heures de jour. J'ai donc voyagé plus loin pour répondre à mes besoins et ces voyages ont fourni à ma bien-aimée Anđelko et ont fait passer le mot que j'allais être indemne. C'est le pacte sur lequel je Cet idiot Stankov. Il contenait également une clause disant que si mon besoin de compagnie se présentait à nouveau, j'étais libre de chercher une telle compagnie parmi les villageois si je la limitais à une fois tous les cent ans. Notre accord a été bénéfique à tous. "

"Pourquoi tu n'étais pas au courant de ce pacte ? Et pourquoi moi ?"

« Je ne savais pas que les villageois gardaient le contenu secret. Puisque la famille Stankov avait aspiré à une position d'autorité et étaient les auteurs du pacte, ils auraient pu le garder pour éviter les conflits. Quant à vous, votre douleur a chanté dans mon cœur. C'était aussi simple que cela. Et c'était le moment à mon avis d'une amitié comme celle que vous m'avez donnée. "

Kristina retourna lentement cela dans son esprit.

"Très bien, je peux accepter ça pour argent comptant. Tu m'as vraiment beaucoup aidé en m'amenant ici. Je ne sais pas combien de temps j'aurais survécu seul. Andrej était tout pour moi et en le perdant … je n'avais plus la volonté. continuer ".

Il laissa échapper un long souffle et écarta les mèches de ses cheveux de son visage.

Le cœur de Vladimir a sauté un battement à sa vue, à ses mouvements et à son acceptation.

Acceptation simple.

Cela renforçait le fait qu'il avait choisi judicieusement et qu'elle était une femme à ses côtés.

Il sourit légèrement avant de continuer.

"Anđelko faisait partie de mes relations avec les villageois. Il s'est vraiment porté volontaire et la raison pour laquelle il vous semble un peu familier est qu'il est l'arrière-arrière-grand-père d'Andrej. Il a décidé de partir, il a choisi d'entrer dans le service pour éviter les conflits. Et peur que quelqu'un d'autre le fasse ou qu'une loterie soit organisée. C'était un homme courageux et je le chéris de tout mon cœur. Il avait perdu sa femme des années auparavant et ses enfants avaient grandi. Il a été un compagnon inestimable pour moi et vous aussi tu devrais le traiter comme tel aussi Je ne veux pas être dur avec toi, mais pour le moment je suis ferme Kristina Tu me comprends?

Kristina avait de nouveau inhalé brusquement en entendant cela.

Il étudia Anđelko avec une vigueur renouvelée, faisant rougir l'homme.

«Comment vit-il, Vladimir? Comment se tient-il là devant nous comme un jeune homme costaud, s'il est un parent éloigné d'Andrej?

Anđelko s'avança pour répondre.

«Mme Kristina, Vladimir a fait de moi votre servante de toutes les manières possibles, même en m'utilisant comme donneuse de substitution à l'occasion. Ce faisant, elle m'a laissé sans vieillir, et je préserve ma jeunesse. J'ai eu le privilège de l'observer de loin et j'avais vu comment vous étiez avec Andrej. J'étais heureux que mon seigneur ait choisi si sagement. Votre gentillesse et votre amour pour lui étaient évidents. Cela aurait été un honneur de savoir que vous aviez la protection de Vladimir. Andrej se demandait souvent s'il pouvait lui être d'une quelconque utilité. Vladimir, mais il a compris que ce n'était pas son chemin dans la vie. " Expliqua doucement Anđelko à Kristina.

Elle a été choquée une fois de plus.

"Andrej n'a rien partagé de tout cela avec moi. Je n'avais pas entendu parler de Vladimir au-delà de ces deux nuits. Je suis ravi de vous rencontrer, Anđelko. Et merci pour vos aimables paroles." Kristina a continué à le regarder avec étonnement, voyant une partie de la ressemblance de la famille avec Andrej, les parties qui avaient passé avec Stankov.

*   *   *

Anđelko lui sourit avec amour.

Elle était également digne de son Maître.

Son esprit n'était qu'un match pour lui.

Anđelko était content de la façon dont les choses s'étaient déroulées, connaissant le sort d'Andrej depuis un certain temps.

Cependant, le rôle de Kristina ne faisait que devenir clair pour lui.

Mais avec le temps, s'il en était ainsi, elle tomberait amoureuse du Maître et il ne pourrait rien demander de plus.

Il espérait qu'elle resterait, ne serait-ce que pour son argent, car Vladimir s'ennuyait facilement et avait besoin d'être taquiné de temps en temps.

Anđelko sourit maintenant à cela.

*   *   *

Kristina retourna son regard vers Vladimir.

Elle le regarda attentivement, testant sa résolution.

Pesant ses pensées, il s'aventura.

"D'accord. Comme je l'ai déjà dit, je peux accepter ce qui se passe. Je peux même accepter qu'Andrej n'ait pas partagé ça avec moi. Cependant, j'ai quelques questions."

Vladimir haussa un sourcil à cela, se demandant où allait son imagination fertile maintenant.

Il attendit patiemment qu'elle commence.

"Comme vous le souhaitez, mon cher. Demandez sans problème."

"Quel est mon rôle? Je veux dire, à part être ton amant, est-ce que j'ai un but?"

«Tu peux être tout ce que tu veux, Kristina. Tu es peut-être juste à mes côtés, mais je prendrai bien soin de toi et je t'adorerai comme tu devrais être adoré.

De petits battements de passion parcoururent son corps en entendant cela.

Vladimir avait trouvé son chemin dans la circulation sanguine et cela la faisait se sentir chérie.

Elle soupira avec envie.

«Alors je souhaite ce que tu souhaites pour mon Seigneur. Cependant, je suis habile dans les arts médicinaux et je souhaite continuer à servir les villageois. Malgré toute l'animosité récente, j'ai toujours eu droit à de telles attentions. Cela serait-il approprié?

"Oui, vous pouvez vous occuper des villageois. Cependant, étant donné que Stankov ne peut manifestement pas se reposer dans son but, je demanderais à Anđelko d'assister à vos visites avec vous. C'est Kristina non négociable."

Kristina respirait expressivement à sa haute disposition, mais capitula.

Il n'avait plus envie d'affronter Stankov.

«Qu'est-il arrivé à Stankov, Vladimir?

"Il est dans un état de flux, dans lequel il restera. Ni complètement dans ce monde ni dans mon monde. Il a été dépouillé de son être mortel et il marchera encore une fois parmi son peuple. Il perdra son statut au sein de la village de Split et il lui sera difficile de subvenir à ses besoins. Il a été condamné non pas à cause de sa tentative de me défier, mais à cause de son avidité inébranlable à vouloir se posséder. Il connaît peut-être certaines des pensées de son cœur sombre, mais je ne les connais pas toutes les personnes ".

Vladimir détestait révéler autant de choses sur lui, mais il savait que Kristina persisterait à connaître toute la vérité.

* * *

Kristina était un peu inquiète à propos de la nouvelle, mais elle hocha la tête.

Quel choix avait-elle vraiment?

Le procès avait eu lieu et même Anđelko avait accepté.

Des pensées lui traversèrent l'esprit à la situation et elle se demanda jusqu'où les deux hommes, vampire et serviteur, avaient planifié pour le futur récent.

Sachant qu'il ne pouvait pas changer ce qu'ils avaient fait, il changea d'orientation une fois de plus.

Il prit sa nourriture pensivement alors qu'il cherchait le courage de poser sa prochaine question.

«Dois-je être comme toi, Vladimir?

Elle l'a dit si vite qu'il est sorti comme moi comme votre Vladimir?

Vladimir a dit tout naturellement:

"Cela reste à voir, Kristina. Vous prendrez cette décision, pas moi. Comme j'ai moi-même deux opinions sur la question, je vais réaliser vos souhaits. Cependant, permettez-moi de répéter que vous m'appartiendrez toujours. Votre libération viendra avec votre mort naturelle ou si quelqu'un d'autre battez-moi dans une bataille pour vous. Si vous restez mortel, alors le danger abonde. J'ai des ennemis puissants qui vous utiliseraient pour m'attaquer. Si je vous amène à vous convertir complètement, le risque diminue, mais demeure. Pensez-y mon amour, je sais que quelle que soit la décision que vous prendrez, ce sera la nôtre."

Vladimir la salua poliment en disant cela.

Les yeux de Kristina se tournèrent vers les possibilités qui s'offraient à elle.

Il savait que ce serait toujours celui de Vladimir, cela semblait prédestiné.

Elle ne savait pas vraiment comment elle le savait, mais cette créature aux yeux violets la fascinait comme aucune autre, même Andrej.

Elle ne se sentait pas déloyale envers Andrej pour cela, car elle l'aimerait toujours.

Cependant, cet homme avant elle a captivé son esprit, son corps, son âme.

Elle se sentait vivante d'une manière dont elle ne savait pas qu'elle pouvait exister.

Oui.

Elle avait beaucoup à réfléchir et aurait plus de questions, mais pour l'instant, elle était contente de s'asseoir et d'absorber tout ce qui lui avait été révélé.

QUATRIÈME PARTIE
MARKOVIC

61

CHAPITRE XV

Plus tard dans la semaine, en fin d'après-midi, Kristina a décidé de se promener avec Anđelko comme escorte.

Il avait pris l'idée de pouvoir sortir, malgré les dangers inhérents décrits par Vladimir.

Elle dansait à moitié sur le chemin légèrement envahi par la végétation qui menait à la forêt environnante alors qu'Anđelko la gardait patiemment en vue alors qu'elle sautait avec désinvolture.

Ils sont tombés sur une clairière dans la forêt qui a incité Kristina à le regarder avec appréciation.

Elle a commencé à rassembler des marguerites pour les attacher ensemble et bientôt Anđelko en portait une belle couronne, plus Kristina portait également un collier et une couronne.

«Anđelko, dis-m'en plus sur ton passage avec Vladimir. En fait, je suis curieux.

Elle le regarda innocemment sous ses cils, tandis qu'une marguerite couvrait partiellement un œil émeraude.

«Qu'est-ce que tu veux savoir, ma fille? Je l'aime, je lui suis redevable et je suis fier d'être son ami. Anđelko a déclaré catégoriquement.

"Qu'est-ce que ça fait de savoir que toutes les personnes que vous aimiez sont décédées de cette vie?" Elle l'a dit avec nostalgie, les larmes aux yeux.

Anđelko avait l'air légèrement mal à l'aise face aux larmes, ne voulant pas lui causer de douleur.

Elle aimait Kristina depuis la semaine dernière, car Vladimir la captivait complètement et elle s'adaptait très bien à son nouvel environnement.

En fait, elle avait l'air ravissante assise là avec la lumière du soleil décroissante réchauffant son visage, un air de satisfaction sur lui.

Ses cheveux avaient été tressés en arrière en une colonne nette qui ornait son cou jusqu'au milieu de son dos.

Il l'avait recouvert d'une écharpe aux couleurs vives pour empêcher une partie de la chaleur du soleil.

Elle était une fille bien et avait déjà apporté le bonheur chez elle, et pour cela il lui en était très reconnaissant.

"Ma fille, j'ai vécu ma vie comme il me semblait approprié." Le début. «J'étais en deuil et cela faisait plusieurs années avant que l'alliance ne soit promulguée. J'aimais et aimais profondément mes enfants et petits-enfants et les enfants de leurs enfants, mais ma vie était très vide sans ma bien-aimée Lucija. Le soleil s'est levé et elle s'entendait avec elle, elle n'a jamais dit un mauvais mot à personne et la voir s'éloigner lentement de jour en jour m'a déchiré le cœur. Une fièvre avait envahi la ville, un peu comme celle qui a coûté la vie à tes parents et pendant que je la regardais sombrer davantage Au fond de la maladie, j'ai réalisé ce que je perdais. Je me suis énervé contre Dieu parce qu'il a battu une personne aussi douce qu'elle dans toute sa bonté. Et pendant un moment, je suis devenu un escroc ivre, jusqu'à l'arrivée de Maître Vladimir. "

Kristina était fascinée par l'histoire d'Anđelko et y prêtait une attention particulière.

Elle regarda les émotions fugaces traverser son visage alors qu'il racontait son histoire et se tortilla d'impatience quand il s'arrêta pour prendre une gorgée d'eau dans le flacon à côté de lui.

"Maître Vladimir a rapidement réalisé mon malheur, bien qu'il ne dise rien. Nous étions assis devant un feu de joie rugissant, martelant les détails du pacte et je ne pouvais pas le quitter des yeux. Il m'a hypnotisé par sa grâce, son discours et son des mouvements corporels fluides. Il a été personnifié par la grâce. Je l'ai finalement approché et j'ai humblement demandé de le servir. Il a facilement accepté et une fois l'alliance scellée dans le sang, j'ai dit au revoir à ma famille et j'ai voyagé avec lui jusqu'au manoir. " Anđelko soupira. "Ce n'était pas facile au début d'être en sa présence. Moi, un simple paysan entouré de toute la beauté et l'élégance de son monde. Il a toujours été patient avec moi, jusqu'au jour où je ..."

Anđelko s'arrêta au bruit inattendu d'un pas.

Prudemment, il se leva et se mit sur ses hanches devant Kristina.

Il sentit le mal d'une présence approcher, et il était prêt à se battre jusqu'à la mort si besoin était.

Il ne risquerait pas Kristina, sa vie ou son honneur de faire moins que cela.

La malveillance imprégnait la clairière alors qu'ils attendaient dans l'anticipation tendue du danger à venir.

La créature qui s'est libérée du feuillage environnant avait de la fourrure à l'arrière de son cou hérissé.

Stankov! Kristina réfléchit avec un frisson, ou plutôt ce qu'il restait de lui.

Il était mortellement pâle avec une lueur sauvage dans les yeux et semblait immunisé contre ses souffrances.

Ses vêtements étaient en lambeaux et ses chaussures tombaient en morceaux.

Il regarda Kristina avec appréciation, un air de désir évident sur son visage.

À ses côtés, un fourreau abritait une longue épée gainée.

Lentement, caressant, sa main jouait sur la poignée, presque comme un amant.

Son souffle putride traversa facilement l'autre côté de la clairière, faisant frissonner Kristina.

Anđelko ne la regarda jamais, préférant maintenir un contact visuel avec Stankov.

Il poussa Kristina derrière son dos encore plus loin et murmura que si elle tombait, elle courrait comme le vent vers le manoir.

Il a envoyé un sifflet aigu pour appeler Darija et Roko dans l'espoir qu'ils arriveraient bientôt.

Ils se reposaient dans la petite grange lorsqu'ils étaient sortis se promener dans la clairière.

Quand Anđelko siffla, Stankov se couvrit les oreilles et hurla de douleur.

Ses traits se tordirent davantage en une masse grotesque difforme qui ne ressemblait guère au Stankov d'autrefois.

Puis il tira son épée et fit un pas en avant.

"Mec, je ne sais pas qui tu es, je veux juste la fille. Donne-la moi et je te laisserai vivre."

Stankov a frappé l'air devant lui, avançant sans s'arrêter.

Il marchait avec une boiterie prononcée, mais cela ne semblait pas le ralentir.

"Non! Vous avez risqué la colère de Vladimir une fois de plus. Vous verrez comment il vous met à votre place par votre insolence continue envers lui et son peuple!"

Anđelko semblait insensible à ses demandes.

"Un dernier avertissement, mon vieux. Bouge ou meurs. Je me fiche de ce que tu choisis. Personnellement, j'aimerais avoir un peu de rétribution ... alors ce sera la mort!"

Anđelko sentit la lame couper l'os de son avant-bras.

Sa chemise blanche absorbait le liquide rouge qui sortait quand il jaillissait.

Stankov n'avait pas porté de coup fatal, mais avait clairement neutralisé Anđelko, qui passa sa main libre sur la blessure.

Kristina a vu sa chance d'affronter Stankov et de protéger Anđelko.

Elle s'avança courageusement.

Stankov plaça la lame de son épée à son cou.

Kristina respirait doucement, malgré sa poitrine qui se soulevait.

«Stankov, cet homme est votre arrière-grand-père Anđelko! Arrêtez-vous immédiatement, m'entendez-vous? Je ne vais pas vous soumettre, mais j'aurais aimé qu'il ne meure pas.

Stankov resta sans voix et déplaça l'épée vers le haut de son épaule et coupa habilement le ruban qui maintenait le chemisier en place.

Le chemisier était replié sur le côté sur le haut de sa poitrine, exposant une partie de sa peau crémeuse.

Kristina a essayé de garder l'expression dégoûtée sur son visage en vain.

Stankov eut un rire menaçant et alla traverser l'autre côté juste au moment où Darija et Roko sautaient silencieusement sur son dos, le faisant tomber en avant.

L'épée tendue devant elle, elle ne porta pas de coup fatal, pourtant les chiens faisaient de leur mieux pour la déchirer.

Juste au moment où Kristina pensait qu'ils allaient sûrement le déchirer, une deuxième silhouette sortit de l'ombre.

Il leva la main et les deux chiens se heurtèrent la tête l'un à l'autre pour s'allonger sans raison sur le côté.

«Qu'avons-nous ici Stankov? Je vois que vous avez raison! Je reconnais le serviteur de Vladimir, Anđelko!

La créature cracha par terre et s'avança plus loin dans la clairière.

Ce qui avait autrefois semblé être un paradis et un havre de sécurité pour Kristina a été brisé par les événements qui se déroulent.

Elle tressaillit et recula dans une vaine tentative de repousser l'étranger.

Anđelko gémit de consternation.

Cet homme, ce vampire, cette créature impie de la nuit, était l'ennemi juré de Vladimir.

Comte Stjepan Vanjavich Markovic!

Que faisait-il ici? pensa-t-il impassiblement alors que le sang continuait à s'écouler de son bras.

Il a équilibré sur ses pieds dans un effort pour rester conscient.

Markovic était connu pour rôder dans le champ monténégrin.

C'était un homme imposant, plus grand que la plupart de ses compatriotes, avec des traits aquilins et des lèvres minces qui recouvraient à peine ses crocs.

Ses doigts étaient piqués et allongés et sa posture élégante.

Son costume était fait de soie fine et était taillé en raison de la richesse qu'il possédait.

Ses longs cheveux noirs étaient attachés en une queue de cheval serrée à la base de son cou et ses yeux étaient d'un brun caramel sans âme.

Stankov se leva lentement et se tourna vers son nouveau professeur pour lui demander son approbation pour s'occuper des deux devant lui.

Il gémit profondément dans sa gorge à ses nouvelles blessures, mais il savait que son Maître les traiterait en temps voulu.

C'était par pur hasard qu'elle avait rencontré Markovic!

S'il n'y avait pas eu lui, il se serait figé à découvert comme ils l'avaient laissé.

Markovic l'avait persuadé de guérir temporairement jusqu'à ce qu'il retrouve ses forces et c'est ce qu'il a fait.

Il a promis sa loyauté à Markovic et en retour, Markovic était heureux de trouver une nouvelle méthode pour tourmenter son rival détesté.

Kristina retint son souffle face à ses traits.

Il était bien formé, mais ces yeux étaient morts pour elle.

Ils l'ont balayée brièvement et l'ont cataloguée comme une non-menace.

Elle lui en voulait profondément, car il l'avait fait pour Stankov, même si elle ne connaissait pas pleinement son but.

Elle a couru aux côtés d'Anđelko dans un effort pour l'aider à arrêter le saignement abondant.

Il attrapa son mouchoir et créa un garrot juste au-dessus du site de la plaie.

Elle était tellement concentrée sur l'aide à Anđelko qu'elle ne réalisa pas que Stankov cherchait une main pour lui caresser la joue.

Elle lui gifla la main, se concentrant sur sa tâche.

Elle sentit la force du revers qui la laissa étourdie et la regardant fixement.

Avant qu'elle n'ait eu la chance de réagir, Stankov l'enlaça comme un ours dans ses bras et l'accompagna dans l'obscurité de la forêt.

CHAPITRE XVI

Vladimir se retrouva bien réveillé dans un tourbillon de colère face à la scène se déroulant dans son esprit, en raison de son lien avec Anđelko.

Alors qu'il quittait le manoir et atteignit rapidement la clairière, il trouva Anđelko à peine conscient et Kristina disparue, nulle part.

Prenant son vieil ami dans ses bras, et regardant sa vie s'échapper de la perte de sang qui coulait sur ses vêtements, Vladimir ouvrit son poignet pour le placer doucement dans la bouche d'Anđelko pour lui permettre de se nourrir.

La riche nutrition s'est immédiatement rendue sur le site de la plaie, la faisant commencer à se fermer, même si ses pouvoirs de guérison ont brièvement souffert.

Comme l'effet de l'acide carbolique renversé, la plaie a bouillonné pendant un moment et les séquelles toxiques ont été expulsées du corps d'Anđelko.

Vladimir a sorti le garrot de fortune de Kristina et l'a mis dans sa poche, reconnaissant de son intervention rapide pour arrêter le saignement.

Anđelko resta haletante quelques instants dans les bras de Vladimir, reprenant ses forces.

Alors que Vladimir a retiré la poupée de sa bouche et a refermé la plaie, pour permettre son propre processus de rajeunissement.

Anđelko a été complètement dévastée par la disparition de Kristina, pas par ses blessures.

Il a permis à son esprit d'être ouvert à Vladimir afin qu'il puisse voir toute la rencontre librement.

«Mon ami, tu n'as pas failli à tes responsabilités envers moi. Tu t'es battu vaillamment pour protéger Kristina. Vladimir s'adressa directement à l'esprit d'Anđelko.

"Vous savez que Markovic est de retour maintenant. Maître Vladimir, il a juré de vous tuer lors de votre dernière réunion! Maintenant, il a Lady Kristina. Je ne pourrais pas supporter que quelque chose lui arrive! Je l'aime comme si elle était une fille et elle vous a apporté la paix et bonheur puisqu'elle est dans la maison. "

Anđelko baissa la tête avec une honte continuelle, oubliant que la couronne de marguerites pendait toujours, dansant, de son front, quelque peu incongrue dans la scène de sang et de destruction autour d'elles.

Malgré la gravité de la situation, Vladimir se permit un regard détendu pour dérouter ses yeux alors qu'il inspectait les fournitures d'Anđelko, y compris les marguerites.

Il a contacté Darija et Roko avec sympathie et a fouillé leurs corps à la recherche de blessures qui auraient besoin d'attention.

Chacun a eu un coup à la tête là où ils étaient entrés en collision, mais ils se rétabliraient bientôt.

Un autre péché que Markovic paierait.

Ses chiens étaient ses animaux de compagnie bien-aimés et il les gardait en bonne place.

Il a pris sa décision.

Il permettrait à Darija et Roko de guérir naturellement dans la clairière et d'emmener Anđelko au manoir où le reste de leurs problèmes pourrait être géré beaucoup mieux que là-bas.

Rapidement, il prit Anđelko et le porta au manoir, le déposant confortablement dans sa chambre spartiate et en ressortant une fois de plus.

Il retourna dans la clairière, où Darija et Roko se remuaient déjà.

Vladimir s'arrêta pour regarder de plus près le champ de bataille, utilisant ses sens aigus pour tout ce qu'il manquait.

Il toucha silencieusement le morceau de tissu dans sa poche pour se connecter à sa Kristina.

Ses yeux cherchaient le chemin que Stankov avait parcouru avec la réticente Kristina.

Essayez comme il pouvait, il ne pouvait pas se lier avec elle.

Elle en était aux premières phases d'apprentissage de ce processus, mais n'avait pas encore terminé la tâche.

En partie parce qu'ils avaient poursuivi d'autres objectifs plus agréables.

Vladimir se réprimanda momentanément pour cette situation, et tout aussi rapidement redirigé ses énergies pour plus d'indices.

Ses yeux violets virent un petit objet perdu sur la route, au bord de la clairière.

En marchant là-bas, il l'a ramassé pensivement.

Markovic serait furieux de sa perte, Vladimir le savait.

C'était un tour de cou en velours céruléen avec un pendentif attaché.

À l'intérieur, Vladimir savait qu'il trouverait de petites photos de son vieil ami Stjepan et de la sœur de Stjepan, Đurđa.

Vladimir pressa l'objet contre ses lèvres en souvenir de Đurđa.

Elle était la raison pour laquelle Stjepan Markovic le méprisait maintenant.

Soupirant et fatigué des émotions turbulentes que ces pensées sombres provoquaient en lui, Vladimir empocha son collier et retourna dans la clairière pour évaluer davantage la scène et ses options.

Il a étudié minutieusement chaque partie de la clairière, avant de retourner à nouveau son attention sur la route.

CHAPITRE XVII

Kristina a essayé d'utiliser son corps comme levier pour arrêter l'imposant Stankov.

Elle l'a puni en le mordant jusqu'à ce qu'il lui attrape à nouveau la tête par le côté.

Déplaçant sa main sur son menton, il força son regard émeraude à rencontrer le sien, ses intentions clairement indiquées.

"Kristina, tu vas payer cher! Je vais me défouler avec ton beau corps et tu me soumettras." Stankov lui fit un sourire narquois.

"Je vais me tuer avant de vous permettre de me toucher!" Kristina lui cracha avec mépris, aucun signe de peur sur son visage.

"Vivant, mort, je m'en fiche. Votre corps connaîtra ma marque sur vous. Je serai le dernier homme à vous posséder et vous me sentirez, je vous le promets." Stankov l'écrasa encore plus contre sa poitrine.

"Vous êtes vil et blasphématoire! Que votre âme pourrisse en enfer!"

Kristina a essayé de bouger son genou pour le frapper et l'empêcher de s'arrêter, même si ce n'est que brièvement.

Sentant ses intentions, il tordit légèrement son corps et abaissa ses lèvres cruelles sur sa bouche vulnérable.

Pressant ses lèvres l'une contre l'autre, il poussa sa grande langue au fond de sa gorge, la nauséant par sa présence et son haleine fétide.

Se tortillant furieusement, elle les fit trébucher.

L'étranger est intervenu à ce moment-là.

"Assez Stankov! J'ai fini votre jeu. Je m'occuperai de la fille. Vos attentions idiotes ne vont pas me priver de ma revanche contre Vladimir. J'ai attendu bien plus longtemps que vous pour triompher. Libérez-la immédiatement!" ses tons cultivés.

Stankov obéit sans protester, et Kristina s'essuya la bouche du revers de la main et regarda Stankov avec dédain.

Elle cracha directement sur sa chaussure avec précision.

Stankov leva de nouveau la main vers elle, seulement pour être arrêté par la main de l'étranger.

Au lieu de cela, il frappa Stankov avec dégoût de son manque de contrôle.

Se tournant vers Kristina, il lui parla pour la première fois.

"Fille, vous vous moquez de lui à vos risques et périls. Soyons raisonnables s'il vous plaît. Vous n'avez pas d'échappatoire pour le moment. Permettez-moi de me présenter; je suis le comte Stjepan Vanjavich Markovic et vous, mon cher, êtes en captivité. Tenez-vous. Et permettez-vous. que la grâce que je sais que vous possédez domine vos passions pour le moment. Votre prénom est Kristina, comme je le sais. Quel est votre nom de famille, fille? "

Stjepan a parlé avec éloquence et a accompagné son discours d'un salut.

Kristina avait l'air méfiante, mais était fascinée par ses modèles de discours.

«Je m'appelle Kristina Jagavka Zlatovic et j'appartiens à Lord Vladimir. Libérez-moi, Comte, car je ne peux pas savoir ce que Vladimir vous fera si vous ne le faites pas!

Kristina remua, son corps tremblant sous la force de ses émotions réprimées.

Stjepan rit légèrement de son courage.

J'allais prendre plaisir à le casser.

Cela laisserait Vladimir avec une poupée cassée dans l'esprit, le corps et l'esprit.

Il fronça les lèvres de satisfaction à cette pensée, même si ce serait dommage pour quelqu'un d'aussi charmant et fougueux qu'elle.

Cependant, cela ne pouvait pas être aidé et il ne s'éloignait pas de son chemin.

La pensée de vaincre Vladimir lui réchauffa le sang et alimenta son âme.

Vladimir Mislavirov paierait pour le passé et Kristina serait l'instrument de destruction de Stjepan.

Fatigué de l'ennui de ses manières, il plaça un collier autour de son cou avec un mètre de chaîne attaché.

Kristina cligna des yeux de surprise devant ses méthodes.

Elle n'avait jamais rien vu de tel avec quoi cette créature l'avait asservie.

Le collier était bien serré contre elle, mais pas trop serré, et quand Stjepan se tourna pour continuer, il tira sur la chaîne pour la faire bouger.

Maintenant, Kristina permettait à la peur de s'insinuer dans son cœur alors qu'elle avançait avec hésitation et toute la force de sa situation était renforcée par la domination de cet homme.

Stankov était toujours à l'arrière, se dépêchant de suivre, ne voulant pas aggraver la colère ou déplaire à son maître.

CHAPITRE XVIII

Anđelko s'est remise de ses blessures et s'est dirigée vers Split pour apprendre ce qu'elle pouvait de Stankov et Stjepan.

Autant que lui et Maître Vladimir le savaient, il y avait toujours quelque chose qui aurait pu être négligé et il voulait s'assurer qu'ils avaient toutes les réponses possibles pour combattre cette hostilité séculaire.

Le premier arrêt d'Anđelko était Goran.

L'homme était lent et avait vécu dans l'ombre de Stankov, mais si quelqu'un savait quelque chose, ce serait lui.

Il trouva Goran s'occupant de ses moutons.

"Goran! Tu vas me donner ce que je veux! Je veux des informations sur Stankov, et me les donner maintenant!"

Anđelko a parlé avec force sachant qu'elle avait donc toute l'attention de Goran pour son comportement.

Goran avait toujours été intimidé par la présence d'Anđelko lorsqu'il venait périodiquement au village.

"Que s'est-il passé?".

Goran le regarda confus et effrayé.

Il n'essayait pas d'offenser l'homme en lui demandant pourquoi il était si bouleversé et il a présenté ses excuses.

Il recula avec l'écorce de son berger, offrant à Anđelko la chaleur de son feu.

Ses yeux avides prirent la forme d'Anđelko alors qu'elle avançait gracieusement et s'accroupissait pour se réchauffer les mains.

Ce signe que la nuit tombait et le glaçait rapidement le troublait.

«Goran, j'ai besoin de savoir ce que vous savez, aussi insignifiant que vous le pensez. Stankov est revenu et a commis une terrible erreur contre Maître Vladimir. Il était en compagnie d'un démon très cruel et Kristina a été capturée! J'ai besoin d'informations sur Les cachettes secrètes de Stankov, ses plans originaux pour Kristina, tout! Si vous appréciez votre vie, alors vous me direz ce que je dois savoir, et vous le ferez maintenant! "

Anđelko se leva, attrapa brutalement la chemise de l'homme et força son corps à se rapprocher du sien.

Il regarda l'élargissement des yeux de Goran avec autant de peur qu'un désir tacite.

Satisfait de ses réponses tacites, il attendit la réponse à ses questions.

Goran lutta pour respirer.

La proximité d'Anđelko était très enivrante et elle était reconnaissante des changements que son corps subissait, mais elle savait qu'elle n'aurait pas l'opportunité de les explorer maintenant.

Soupirant déçu, il répondit:

« Anđelko, je sais très peu de choses sur les actions de Stankov avant notre arrivée au manoir. Il est réservé et retiré. Je sais qu'il avait prévu de chercher Kristina le lendemain des funérailles d'Andrej. Il était furieux quand je lui ai raconté ce que j'avais vu cette nuit-là. ".

Goran fit une pause pour reprendre son souffle.

« Il avait visité la cabane abandonnée sur le bord de la propriété de Srecko, vous savez, celle de la campagne la plus éloignée de Split. Je pense qu'il avait l'intention d'y séduire Kristina.

Anđelko regarda Goran avec incrédulité.

"Tu penses que c'est un séducteur? Il allait violer la fille et la laisser avec ses amis! Stankov était maléfique avant de s'approcher de la propriété de Srecko, idiot. Tu t'es incliné devant sa volonté et l'a suivi comme le chiot que tu es Comment as-tu pu ne pas voir et ressentir cela? Dieu! "

Goran tressaillit devant l'éventuelle rétribution d'Anđelko, ses espoirs déçus de pouvoir explorer ses lèvres charnues si près des siennes.

Il baissa la tête de peur, caressa la poitrine d'Anđelko et poussa un gémissement inattendu.

Anđelko a été instantanément émue par son angoisse, sachant que Goran n'était pas à blâmer.

Soupirant, il attira le corps tremblant de Goran vers lui, façonnant sa tête avec sa main et la moulant à la base de sa gorge.

Il n'avait aucune intention de blesser Goran.

Elle sentit la sensation des lèvres de l'homme alors qu'elles traçaient sa pomme d'Adam et Anđelko se soumit à ce plaisir pour le moment.

La respiration de l'homme est devenue rapide et faible parce qu'elle n'a pas été rejetée.

Il savoura la salinité chaude de la sueur épaisse et la lécha comme un enfant.

Son nez s'enfonça plus profondément dans la peau d'Anđelko, inhalant les odeurs enivrantes.

Il a provisoirement déplacé ses mains autour de son corps expérimentalement pour sentir l'homme se conformer à leurs corps entrelacés.

Le relâchement du souffle retenu d'Anđelko était une musique pour ses oreilles et elle frémit d'anticipation.

Cherchant les lèvres d'Anđelko, Goran déplaça sa bouche sous son menton, plantant de doux baisers.

Voyager à travers votre mâchoire jusqu'à votre destination finale.

Il y impressionna pensivement sa bouche et attendit patiemment la réponse d'Anđelko.

Anđelko, sentant son hésitation, bondit en avant avec une ferveur rapace.

Il réalisa à quel point il voulait le toucher de Goran.

Sachant que Vladimir était au-delà de sa portée physique et mentale dans sa recherche, il succomba aux passions de l'autre.

Leur double objectif, l'un, la satiété des deux, et deux, si Goran les rejoignait, pourrait s'avérer inestimable.

Il a percé la fente des lèvres de Goran et a roulé sa langue à l'intérieur, la chaleur l'attendait.

Volonté, soumis et submergé d'émotion, Goran se crispa dans ses bras.

Elle était vierge et avait toujours su qu'elle avait réprimé ces sentiments dans le passé, mais avec la réceptivité d'Anđelko, elle voulait savoir ce qu'il y avait au-delà de ce baiser passionné.

Elle ouvrit encore plus la bouche, osant sucer doucement la langue d'Anđelko, enflammant davantage ses passions.

Son corps bougeait en réponse, la preuve de ses émotions se crispant au centre de son corps, non pas douloureusement, mais par anticipation.

Goran sentit également la preuve du désir d'Anđelko l'impressionner.

Elle accueillit les attentions, rompit le baiser et indiqua le lit voisin à Anđelko en guise d'invitation.

Anđelko comprit aussitôt et se déplaça avec Goran à la hâte.

Ils se sont effondrés gracieusement, les membres emmêlés et les bouches fusionnées.

Anđelko s'assit de manière plus que satisfaisante entre les cuisses de Goran et soupira sa sensibilité croissante dans la bouche implorante de Goran.

CHAPITRE XIX

Kristina secoua la tête avec lassitude et essaya de faire glisser ses doigts sous son cou pour tenter de desserrer un peu le col.

Bien que cela n'ait pas coupé son alimentation en air, cela lui donnait l'impression que sa respiration était restreinte.

Elle attrapa la chaîne dans un effort pour ralentir Stjepan, car elle craignait que sa voix ne soit enrouée à cause de ses efforts et de ses contraintes.

Stjepan tourna la tête avec impatience et la regarda lutter, une expression sinistre d'appréhension sur son visage à l'interruption.

Il n'avait pas décollé, sachant que le couvre-sol était son allié en ce moment.

Il avait choisi une cape d'invisibilité pour frustrer davantage et entraver ce qu'il savait être les efforts de Vladimir pour rechercher son amant humain.

Il se frotta le visage pensivement alors qu'il s'approchait d'elle, voulant la maintenir émotionnellement déséquilibrée et soumise à sa volonté.

Dans cet esprit, il a formulé une réponse à son entêtement.

"Kristina, à moins que tu ne veuilles sentir mon contact sur ton corps maintenant, tu continueras d'avancer. Et je te promets que je ne serai pas douce. Je détruirai ton corps et ton âme. Si telle est ta préférence, alors cela continue à entraver notre progression." Satisfait de sa réponse, il attendit la sienne.

Les yeux de Kristina s'écarquillèrent à cette menace implicite et elle marcha inexorablement en avant, la défaite dans son état actuel évidente sur ses épaules affaissées et sur le ventre.

Stjepan tira sur la chaîne, elle dut donc lever les yeux vers lui.

Il a préféré qu'elle continue comme ça pendant un moment encore.

L'idée d'une domination totale sur elle était si douce.

Si elle devenait soumise maintenant, il n'explorerait pas complètement les façons dont il voulait l'avoir et l'utiliser.

Il regarda ses efforts avec ses doigts sur le col et l'amusement le frappa de son incapacité.

Le col rehaussait son attitude fière, le ruban coupé sur son épaule le poussait à explorer sa chair crémeuse, d'autant plus qu'il faisait presque sortir un mamelon et qu'elle avait maintenant un éclair de feu dans les yeux.

Kristina s'est promis qu'elle serait une chatte sauvage le moment venu.

Pour l'instant, elle endurerait cette humiliation et attendrait l'occasion de s'échapper.

Elle savait que Vladimir la cherchait et les retrouverait bientôt.

Il espérait le revoir et le voir vaincre ce démon et celui qui était avec lui.

Cela lui faisait peu de peine de se souvenir de Stankov, la cause de sa consternation et de sa servilité.

Elle permettrait à Dieu et à Vladimir de s'occuper de lui; elle ne perdrait plus son temps ni son énergie avec lui.

Cependant, ses yeux devinrent calculateurs alors qu'il regardait Stjepan.

Il résista à la force de son regard et répondit avec un rire effrayant.

Elle fronça les sourcils, mais garda ses pensées pour elle-même.

Elle savait qu'il ne pouvait pas se lier avec elle, et bien que cela la dérangeait parce qu'elle n'était pas non plus liée à Vladimir, elle était en fait reconnaissante pour le manque de prévoyance qu'ils avaient eu.

Elle essaya de rester impassible, même si son esprit tournait avec des émotions turbulentes.

Elle est restée ainsi car elle avait peu d'options.

Leur élan a regagné les esprits de Stjepan et ils ont rampé plus profondément dans la forêt sombre.

CINQUIÈME PARTIE
ĐURĐA

CHAPITRE XX

Il y a 90 ans ...

Vladimir a rompu l'emprise de Đurđa sur lui.

Il avait tenté en vain de la rassurer qu'elle serait en sécurité pendant qu'il allait se nourrir.

Đurđa était jeune et irritée.

Il devait encore comprendre les coutumes des vampires.

«Assez, Đurđa! Je dois nourrir; je suis faible par manque de nourriture! Vous m'avez empêtré ces deux jours, salope!

Le rire de Vladimir était abondant et un peu forcé à mesure que la scène se développait.

"Mais Vladimir, je veux être avec vous! J'ai un sentiment et je sais que je me sentirais plus en sécurité en votre compagnie. Pourquoi ne me laissez-vous pas partir avec vous pendant que vous vous nourrissez?" Đurđa l'a cajolé.

"Đurđa, mon amour," commença Vladimir une fois de plus, "Vous seriez submergé par le processus. Je voudrais vous pardonner d'avoir vu cela. Jusqu'à ce que vous décidiez de rester humain ou de devenir un vampire, je ne vous soumettrai pas à cela. C'est un rituel fait avec du sang. Vous devez essayer de comprendre l'amour. Je veux juste vous protéger parce que ce que nous savons tous les deux est votre souci de faire face à qui je suis vraiment. Vous serez en sécurité avec Anđelko. Je vous le promets. "

"Vladimir! Ne t'inquiète pas pour ça, je n'ai pas peur de ce que tu es! Mais je vois que tu ne me protèges pas, j'en ai assez entendu. Ne reviens pas ici à moins que tu ne veuilles être avec moi! Si j'ai besoin de quoi que ce soit, j'enverrai chercher Stjepan. Je ne veux pas te voir! »Dit-il en lui tournant le dos.

Ses paroles lui transperçaient l'âme et il était impuissant face à sa colère.

Il n'avait pas écouté Stjepan quand il lui avait conseillé de ne pas poursuivre sa sœur.

Elle était différente et très têtue.

Vladimir avait toujours pensé que c'était un signe de sa force, mais il se lassait rapidement de la bataille constante avec elle.

Il commença à lever une main sur son épaule, hésita, puis la laissa tomber à ses côtés avec frustration.

"Comme tu veux, Đurđa, juste pour le moment. Je n'ai pas l'intention de te libérer. Tu m'appartiens. Ton corps, ton esprit et ton esprit sont à moi. N'oublie jamais ça. Ton enfantillage parle de ta jeunesse et nous y reviendrons plus tard à mon retour. J'ai besoin de nourriture ou vous vous retrouverez en danger de mort à cause de moi, et je ne pourrais pas supporter cela. "

Sur ce, Vladimir se détourna rapidement, ignorant ses larmes, alors que sa propre colère et sa faim grandissantes menaçaient de prendre le pas sur son bon sens.

CHAPITRE XXI

Il a été prudent dans ses sélections et a gardé sa fierté par peur de sa colère incontrôlée et est revenu sous peu.

Un hurlement aigu accéléra son avance.

Il découvrit que son malaise grandissait à mesure qu'il s'approchait du manoir.

Mais la complainte n'était pas celle d'Anđelko et ce n'était pas celle de Đurđa, il en était sûr.

Il connaissait ses cris.

Son malaise s'est intensifié lorsqu'il a vu la porte pratiquement arrachée de ses gonds et les signes d'un combat récent juste devant sa porte.

Courant à l'intérieur, il trouva Stjepan berçant le corps sans vie de Đurđa contre sa poitrine et Anđelko ligoté et inconscient sur le sol.

Le visage dévasté de Stjepan se concentra sur l'horreur de Vladimir.

Debout, toujours avec le corps de Đurđa se refroidissant rapidement dans sa prise protectrice, Stjepan ne lui dit pas un mot.

La haine brûlait dans ses yeux caramel et il se dirigea vers Vladimir, qui était paralysé sur les lieux.

"Vous êtes aveugle, imbécile ignorant!" Stjepan puni. "Elle a parlé de prémonitions juste avant de mourir. Tu étais allée trop loin pour faire quoi que ce soit. Elle est morte dans mes bras en disant que tu ne l'avais pas protégée. Je t'ai donnée parce que tu avais promis de l'aimer et de la garder en sécurité. Maintenant ça! Tu es devenu sur un puissant ennemi Vladimir. Écoutez ce que je dis maintenant, je vais venger Đurđa!"

Sur ce, Stjepan se fraya un chemin à travers un Vladimir abasourdi et sortit dans la nuit.

CHAPITRE XXII

Vladimir s'est réveillé de ses réflexions sur Đurđa et Stjepan.

Il avait laissé tomber une femme qu'il avait aimée, il n'était pas disposé à en échouer une autre.

Il devait rester concentré sur le retour de Kristina, elle avait son cœur.

Il ne pouvait pas s'arrêter dans le passé et les choses qu'il ne pouvait ou ne savait pas avaient changé.

Il avait besoin d'être froid et calculateur, pas de se concentrer sur cela de manière folle.

Il fouilla dans son esprit pour se souvenir de Stjepan et de ses habitudes.

Ses oreilles se tordirent, réglées pour tous les sons contre nature, sa peau vibrait dans l'air autour de lui à la recherche de nuances et de changements dans son environnement, ses yeux cherchant continuellement le terrain en dessous sans cesse.

Il cherchait à voler depuis des heures.

À l'aube, il savait qu'il devait bientôt se mettre à terre ou risquer de se brûler.

Il décida de ne pas retourner au manoir, mais de se réfugier dans la forêt.

Il créa rapidement une force pour ouvrir la terre à son corps douloureux et se reposa sans cesse sous le sol pour attendre.

Le cœur battant de peur, elle tomba dans un profond sommeil et une transe à l'aube du nouveau jour.

CHAPITRE XXIII

Anđelko remua dans l'étreinte de Goran.

Le garçon l'avait prodigué avec passion toute la nuit.

Et il l'avait rendu avec une égale ferveur.

Cependant, il avait besoin de rejoindre la recherche, le regrettant un peu pour le plaisir de ces dernières heures.

Goran le regardait avec appréhension.

Anđelko soupira.

Il est si jeune, innocent et ne comprend pas tous les événements qui se sont produits.

Anđelko devait se rappeler ce qu'était sa compagnie.

Il recula légèrement et Goran resserra immédiatement sa prise, serrant le cou d'Anđelko dans une prise mortelle.

"Hé, petite. Je suis très heureuse de m'être réveillée avec toi dans mes bras. Mais je ne peux plus attendre."

"Oh Anđelko! J'avais peur que tu me détestes et je ne pourrais pas supporter ça." Goran pleura doucement contre son cou.

Anđelko était gentil.

"Personne, je ne pourrais jamais te haïr. Je t'aime et j'ai adoré te sentir sous moi la nuit dernière. Cela fait longtemps que je ne me suis pas sentie si aimée. Pour cela je te remercie. Tu n'as rien à craindre de moi, mon fort et beau Goran. Mais je dois y aller. Mais je reviendrai, je le jure."

Il attrapa les bras de Goran et essaya de les éloigner.

Mais Goran a tenu bon.

"Anđelko, s'il te plaît ne me quitte pas. Je suis si seul. Je veux rester avec toi. Je promets que je peux être utile. S'il te plaît, ne me laisse pas ici."

Anđelko a prié pour avoir de la patience.

"Très bien, petite. Mais gardez à l'esprit que si vous me retardez, je vous laisserai où vous êtes. Je ne peux pas perdre un autre moment. Et si vous me trahissez, je vais le réparer immédiatement. Mes préoccupations en ce moment sont exclusivement pour Kristina. Sa vie est en jeu. Ne me faites pas prendre une décision avec laquelle je ne pourrais pas vivre. "

Anđelko était délibérément brusque pour montrer son point de vue.

Goran ne put que hocher la tête contre la poitrine d'Anđelko.

"Très bien, tu peux venir."

Goran se leva rapidement et commença à stocker le feu et à rassembler des fournitures.

Il siffla son chien de berger, chuchotant des instructions à l'animal intelligent qui retourna à son guet pour s'occuper des moutons.

Et puis il est allé rapidement se soulager.

En moins de deux minutes, il était debout tremblant, mais attentif à Anđelko.

Anđelko hocha la tête avec approbation.

Un dernier regard sur le camp avec Goran attrapant le sac de couchage et ils étaient partis.

CHAPITRE XXIV

Kristina s'est réveillée enchaînée au mur d'une petite cabane.

La faible lumière filtrant à travers la fenêtre lui disait que c'était la fin de l'après-midi.

Il regarda autour de lui avec perplexité, puis la douleur persistante sur sa joue remit sa situation au premier plan.

Le sol en dessous d'elle était sale, rappelant les restes de nourriture et autres débris imaginaires.

Son bras palpitait enchaîné sur elle, son poignet dansait librement contre le métal.

Un fort ronflement envahit ses pensées.

Stankov était assis à côté des restes de nourriture sur une table, le visage posé dessus, une cruche de vin vide devant lui.

Elle grimaça à sa vue, essayant de se gratter discrètement, sentant les fourmis et qui savait quoi d'autre sur sa peau.

Il avait envie de se baigner et de se soulager.

Stjepan n'était pas en vue.

Elle détestait avoir affaire à Stankov, choisissant de garder le silence.

Ils lui avaient laissé une petite casserole d'eau et une casserole pour se servir.

Aussi silencieuse que des souris, dont elle était sûre qu'elle habitait aussi les lieux, elle se dirigea vers le pot de chambre et termina rapidement ses affaires.

Puis il le fit doucement glisser sur le sol aussi loin que possible d'elle.

Elle savait que ses cheveux étaient sales et commençaient à s'emmêler.

Sa bouche était sèche et sa gorge était sèche et ses vêtements étaient très tachés.

Elle avait faim et aspirait à nouveau au confort des bras de Vladimir autour d'elle.

Il lui manquait terriblement.

Portant la casserole à ses lèvres, elle avala l'eau à l'odeur rance, mais ne put s'arrêter.

Il vida bientôt la tasse, sentant son estomac se retourner à l'intrusion.

Elle a combattu la nausée pendant quelques minutes, désespérée de garder l'eau et désespérée de ne pas réveiller Stankov.

Son odeur nauséabonde imprégnait la pièce, ajoutant encore plus de nausée.

Elle appuya sa tête contre le mur et prit une profonde inspiration pour soulager sa souffrance.

C'était une petite consolation.

Des larmes se formèrent dans ses yeux émeraude et coulèrent sur ses joues de manière incontrôlable.

Elle retint les sanglots, jusqu'à ce que cela devienne trop douloureux et que l'angoisse éclate.

Stankov sauta immédiatement sur ses pieds et gémit de douleur à cause de la blessure sur son cou.

Le frottant, il regarda méchamment Kristina et se frappa les lèvres.

Remarquant à nouveau la circulation dans ses bras, il se leva brusquement et, voyant le pot de chambre, se dirigea vers lui, déboutonnant son pantalon en lambeaux.

Regardant Kristina dans les yeux et, malgré sa répulsion et son frisson, elle vida sa vessie devant elle, ignorant les éclaboussures sur ses chaussures et le bas de son pantalon.

Tenant son membre semi-mou dans sa main, elle le caressa à plusieurs reprises.

Il secoua fièrement le membre déjà plus raide sur son visage.

«Suce, petite pute. Donne-moi ce que tu as donné à Mislavirov. Fais-le maintenant et fais-le librement ou je te l'enfoncerai dans la gorge. Je veux tes lèvres autour. Je veux que tu me sentes dans ta bouche. Ouvre-le maintenant!

Il fit le dernier pas menaçant vers une Kristina rebelle et aux yeux écarquillés.

Juste avant que sa pointe ne touche sa bouche, elle cracha sur lui et sur sa queue.

Stankov eut un rire méchant et frotta sa salive sur le bout.

«Tu ne sais pas que tu m'as facilité la tâche de cette façon? Tu es une idiote, Kristina.

Stankov continua de le frotter brièvement puis le porta à nouveau à ses lèvres.

Cette fois, il attrapa ses cheveux et tira son cou en arrière.

"Ouvre ta bouche pour Dieu ou je vais te frapper en premier et ensuite prendre ce que je veux de toi de force!"

"Va au diable Stankov. Je ne te soumettrai pas!" Kristina a parlé pour la première fois depuis son réveil.

Sa voix était rauque à cause de la sujétion du cou la nuit précédente et de ses sanglots.

Stankov tenait toujours ses cheveux, les tordant cruellement autour de sa main et les tirant plus loin.

Ses lèvres s'entrouvrirent involontairement alors qu'il sifflait de douleur.

Il a commencé à pousser sa virilité dans sa bouche.

Le dégoût supplémentaire, son odeur répugnante, prouvaient trop pour l'estomac agité de Kristina.

Elle l'a bâillonnée, bâillonnée et se mit à vomir.

Stankov, incrédule dans ses yeux, s'éloigna rapidement, tandis que Kristina se penchait faiblement en avant pour ne pas tacher davantage ses vêtements.

Haletant, tenant un côté, il lança à Stankov un regard meurtrier.

"Maintenant, rien ne m'empêche d'avoir ta bouche, fille." Dit Stankov triomphalement et jubilant.

Revenant à elle un moment, le lendemain, elle se cognait contre le mur et tombait au sol.

Stjepan se tenait avec impatience au-dessus de lui.

«Essaye de la toucher à nouveau, avant qu'elle ne soit prête pour toi et je te tuerai là où tu te tiens ou où tu te caches, Stankov. Ton ineptie annule toute utilité que je pensais que tu avais. Reste ici comme les damnés que tu es ou je te tuerai. maintenant! Tenez compte de mes paroles. C'est votre dernier avertissement. "

Stjepan était magnifique dans sa colère, dominant le Stankov penché.

Ses yeux caramel jetaient du feu et du soufre.

Satisfait de son message, il se tourna vers une Kristina provocante.

Il était heureux de voir son esprit combatif revenir après la nuit précédente.

Se dirigeant vers elle, il lui tendit la main, aidant gracieusement une Kristina méfiante à se relever.

«Ma chère, je m'excuse pour ce crétin et pour le logement misérable. Autant que tu es un pion pour moi, j'ai des manières et je n'aimerais pas te voir maltraité. Au moins pour le moment et tant que tu répondras à mes souhaits. Nous allons passer à moi bientôt chez moi, ce n'était rien de plus qu'un endroit pour se reposer et bien sûr échapper à Vladimir, mais il y a une baignoire dans la pièce voisine que vous pouvez utiliser pour vous baigner et je vais demander à Stankov de vous trouver quelque chose à manger pendant que vous vous baignez. Je serai de service, n'ayez pas peur, il ne vous touchera pas. "

Stjepan a parlé avec confiance et Kristina a pris un moment pour le regarder avec reconnaissance, avant de se rappeler qu'il était la raison pour laquelle elle était là.

Étant pratique, elle a accepté son offre avec grâce.

"Merci. Je voudrais me baigner."

Il sourit et cela transforma son visage, changeant ses traits ascétiques en un homme de chaleur et de charme, aussi bref qu'il ait pu être.

Kristina a entrevu ce que cela a dû être à un autre moment de sa vie.

Il a détaché son poignet et elle a immédiatement commencé à le bercer doucement sur son corps avec soin, pour éviter de la frapper avec quelque chose.

Gardant sa main dans la sienne, il la conduisit dans l'arrière-salle et hors de la vue de Stankov.

* * *

Stankov était furieux!

Mais il se plierait aux souhaits de la créature, pour l'instant, jusqu'à ce qu'il puisse l'éradiquer de cette terre.

Il ne se sentait plus mal à l'aise de rencontrer Markovic et prévoyait de le corriger le plus rapidement possible.

Il tituba sur ses pieds et se dirigea vers la porte, sachant que s'il ne revenait pas avec la nourriture, il serait au mieux voué à de grandes souffrances.

CHAPITRE XXV

Stjepan s'occupa du bain pendant un moment et bientôt l'eau fumante et apaisante remplit la cuve en métal.

Il dépouilla Kristina de ses vêtements avec la promesse de vêtements frais et la regarda entrer gracieusement dans la salle de bain.

Il lui avait fait comprendre qu'il n'avait aucune intention de quitter la pièce et qu'elle était au-delà de s'inquiéter pour le moment.

En s'enfonçant nue dans l'eau, elle a laissé ses pouvoirs de guérison réparatrice l'influencer davantage.

Elle gémit de plaisir, sentant ses muscles se détendre pour la première fois de la journée.

Elle se pencha en avant pour tenter de mouiller complètement ses cheveux.

Surprise, elle sentit les doigts de Stjepan sur son crâne alors qu'il l'encourageait à rester immobile.

Puis il a versé pichet après pichet d'eau sur ses cheveux.

Ramassant un flacon parfumé contenant un mélange de savon et de fleurs sauvages, elle a rapidement réparé ses cheveux.

Ses doigts étaient merveilleux contre sa tête palpitante.

Bientôt, elle sentit toute la douleur lui échapper.

Puis il lui rinça doucement les cheveux, les tenant au-dessus de sa tête, et sans lui dire un seul mot pendant tout le processus.

Il s'éloigna pour lui donner de l'intimité pendant qu'elle continuait son bain.

Stjepan essaya d'être impassible, mais à la lumière des bougies allumées sporadiquement autour de la pièce, les ombres de ses mouvements se reflétaient sur les murs stériles.

Il sentit son souffle reprendre et il sentit un pincement en dessous.

Il se rappela que ce n'était pas le moment !

Tu dois être patient!

Il ne pouvait se permettre aucune erreur, alors il a souffert en silence.

Kristina est restée inconsciente de cette situation.

Il étendit lentement un mollet bien fait, appréciant la liberté de pouvoir le faire.

L'équilibrant sur le bord de la baignoire, il se délecta d'un savon doux sur elle, en de longs massages circulants.

Il prêtait attention à chaque partie de la salle de bain, de sorte que l'inconfort de Stjepan augmentait à chaque instant qui passait.

Lorsqu'il réalisa qu'il ne pouvait pas atteindre son dos assez loin, il s'avança courageusement malgré ses doutes.

Agrippant le pain de savon de ses doigts, soudain à bout de nerfs, elle se concentra pour garder sa respiration régulière.

Elle se pencha en avant, croisant ses bras sur sa poitrine avec embarras.

Stjepan trouva le geste quelque peu pittoresque après tout ce qui s'était passé et pour la même situation, mais ne dit toujours rien.

Il finit vite, ne comptant pas trop sur lui-même, d'autant plus que sa peau était satinée et souple sous ses doigts dévoués.

En lui donnant un dernier rinçage, cette fois, il recula plus vite.

Ses doigts picotaient encore à force de la toucher si intimement et son esprit bourdonnait de possibilités qu'il rejeta rapidement.

Il lui tourna le dos quand elle se leva de la baignoire, cherchant la serviette qui restait à côté.

Il écoutait ses mouvements, sortant prudemment de la baignoire, la vigueur avec laquelle elle se séchait, sa respiration, son doux miaulement de plaisir alors qu'elle enfilait des vêtements frais, tous conçus pour le rendre fou à cet instant.

Il essaya de respirer lentement et uniformément, se déplaçant avec inquiétude d'un côté à l'autre.

Elle enfonça ses ongles dans ses paumes, paumes qui démangeaient d'avoir sa chair sous eux une fois de plus.

Il a même révisé son plan d'attaque contre Vladimir, le tout dans le vain espoir d'envoyer sa fureur grandissante.

Il serra les dents et sortit en trombe de la pièce.

Kristina leva les yeux, surprise par son départ rapide.

Il entendit quelque chose s'écraser contre le mur dans la pièce voisine.

S'interrogeant sur son explosion, elle se dépêcha de s'habiller.

C'était un simple chemisier paysan et une jupe.

Il y avait des vêtements encore plus délicats, sous les vêtements qui étaient sur le lit, pour lesquels il se rapprochait de sa peau.

Enroulant des bas autour de ses jambes, elle glissa ses pieds dans les chaussures solides qu'il lui avait laissées.

Elle soupira de soulagement d'être propre, déroulant ses cheveux pour les peigner.

S'approchant du petit feu qui brûlait dans le foyer, elle se mit à genoux pour démêler la masse de cheveux.

Elle ne le sentit plus jamais entrer dans la pièce, jusqu'à ce qu'il place sa main sur la sienne pour retirer le pinceau de ses doigts.

Il travailla patiemment ses cheveux, en commençant par la couronne et en les brossant jusqu'à la fin.

Ses boucles sèches lui creusèrent les jointures, mais il continua.

Stjepan était de nouveau sous contrôle, mais à peine.

Mais ce serait dédié à la fin.

La fin, à ce moment-là, était incertaine, mais il découvrit qu'il appréciait sa compagnie malgré les circonstances.

Il ne s'était pas attendu à ça, mais il apprécierait son temps avec elle.

Sans oublier sa mission, mais la mettant de côté pour le moment, il la caressa à plusieurs reprises.

CHAPITRE XXVI

Sortant du sol, Vladimir a rapidement trouvé des animaux de la forêt pour étancher sa soif.

Ce n'était pas ce qu'il désirait, mais il n'avait pas le temps de chercher de la chair humaine.

Aussi affamé qu'il était, il se nourrissait à peine assez pour continuer.

Ses oreilles piquaient à des bruits plus forts qu'il ne pensait être quelque chose de la nature.

Pensant que c'était un ours ou un sanglier, il était heureux de voir Anđelko, Darija, Roko et l'un des paysans qui avaient été avec Stankov à sa porte plus tôt dans la semaine.

Il haussa un sourcil à cela, mais attendait patiemment d'être présenté.

Anđelko, sentant son besoin, alla rapidement vers son maître pour s'offrir à lui.

Vladimir but ce qu'il put à Anđelko, scellant rapidement sa chair loin de lui.

Goran a été étonné par cela.

Sentant que Vladimir n'avait pas fini, il s'avança courageusement, espérant que Vladimir ne l'épuisait pas.

Vladimir sentit son malaise, mais prit ce qui lui était offert.

Sa bouche appréciait le transfert du fluide vers lui.

Il s'arrêta quand il apprit que Goran avait tout donné et passa doucement sa langue sur la blessure.

Goran recula de soulagement.

Il était un peu étourdi par l'expérience, mais il respirait toujours doucement, il était vivant.

Vladimir se sentit assez rassasié pour parler.

Il attrapa Anđelko contre sa poitrine et le serra fermement dans ses bras.

"Mon ami, c'est bon de te voir et que tu es debout et en un seul morceau. Tu as pu utiliser tes talents de pisteur et amener Darija et Roko avec toi, un coup de génie."

Libérant Anđelko, elle caressa avec amour chaque chien-loup alors qu'ils se léchaient les doigts avec leur langue à tour de rôle.

Roko sursauta par affection pour son maître, Darija remua la queue.

Anđelko hocha la tête une fois à ses louanges.

"J'ai amené Goran, car il est prêt à nous aider, Maître. Il sait quelque chose de l'esprit de Stankov et j'ai pensé qu'il serait utile de l'avoir comme allié."

Anđelko regarda son maître droit dans les yeux en disant cela.

Vladimir sentit le courant sous-jacent de quelque chose d'autre qu'il ne pouvait pas identifier pour le moment, mais il laissa passer le besoin de retrouver Kristina.

Il savait qu'Anđelko lui parlerait en privé lorsque la première opportunité se présenterait.

Il hocha légèrement la tête en direction de Goran, acceptant ce que disait Anđelko.

Goran expira son souffle réprimé.

"Bien. Revoyons ce que nous savons et reformulons notre plan à partir de là."

Passant aux choses sérieuses, Vladimir écouta d'abord Anđelko, puis Goran.

Une fois qu'ils ont estimé que toutes les informations disponibles avaient été exprimées ouvertement, Vladimir a réfléchi pendant un moment.

"D'accord. Je suppose que Stjepan et Stankov, s'ils utilisent cette hutte dont ils m'ont parlé, ils n'y resteront pas longtemps. Stankov sait que Goran connaît l'endroit et qu'il connaît Stjepan, il ne risquerait pas de rester longtemps. Et celui-ci est rusé et veut se venger. Ce ne sera pas facile de surprendre. Je pense qu'il se dirigera vers sa forteresse, mais avoir Stankov et Kristina le retardera. Alors, nous nous dirigeons vers le village d'Omiš. Il a l'avantage d'aller de l'avant, mais Je me souviens où il habite. "

Vladimir a déclaré ce dernier d'un ton mortel.

Il était évident qu'il s'attendait à une confrontation avec son ancien ami, devenu ennemi.

Il détestait que Kristina soit impliquée, mais il y avait un ancien compte à régler.

CHAPITRE XXVII

Stankov retourna à contrecœur vers la cabane.

Il avait attrapé un lapin et l'avait écorché là où il l'avait tué.

Il marmonnait des imprécations tout le temps, pensant à des moyens de se débarrasser à la fois de Markovic et de Kristina.

Mais seulement après avoir participé à ses charmes, son corps.

Il était très clair que Vladimir viendrait après lui, mais il l'aurait.

Elle avait tout gâché avec ses manières rusées et ses gémissements.

Il ne pouvait même pas rentrer chez lui de peur que les villageois se soulèvent contre lui et maudissaient Vladimir pour avoir scellé son destin.

Mais il aurait sa revanche et ce serait très doux.

Il entra dans la cabane dans les bois et posa le lapin sur la table malgré ses résidus sales.

Je ne ferais pas le travail d'une femme.

Je laisserais Kristina nettoyer et griller ce putain de truc.

Pénétrant dans la petite pièce, il franchit la porte de l'arrière-salle.

Sa bouche s'ouvrit lorsqu'elle vit Markovic finir de se brosser les cheveux.

Il cracha de dégoût, mais regarda ses mains travailler.

Il toussa brièvement avant de se retourner.

Il n'était pas encore prêt à combattre le vampire.

***

Marmonnant encore plus, il fit exactement ce qu'il avait dit qu'il ne ferait pas, nettoya le lapin et commença à le rôtir sur le maigre feu.

Avant longtemps, Markovic l'a rejoint, mais Kristina a préféré rester dans l'arrière-salle.

Stankov grogna.

Sorcière!

Elle ne s'en tirera pas.

Il masqua rapidement son visage et essaya de protéger ses pensées.

Il n'avait pas besoin que Markovic connaisse l'étendue de ses délires intérieurs.

Malheureusement pour Stankov, Stjepan savait exactement quelles faibles pensées traversaient l'esprit de Stankov.

Et il n'aimait pas ça.

En repensant son plan, il pensa qu'il pourrait devoir se débarrasser de Stankov plus tôt que prévu.

Bien qu'il ait toujours l'intention d'utiliser la charmante Kristina à ses propres fins, il se sentait protecteur envers elle et Stankov devenait un problème.

À ce moment-là, Stjepan a commencé à planifier la disparition de Stankov.

Il n'y a pas eu de conversation entre eux.

Stankov devenait de plus en plus mal à l'aise à chaque instant et Stjepan s'en fichait.

Finalement, le lapin était prêt, et Stankov le sortit, le regardant fixement.

Stjepan repoussa sa main et appela Kristina.

Il entra dans la pièce avec seulement un moment d'hésitation, car il découvrit d'une manière ou d'une autre qu'il pouvait faire un peu confiance à Stjepan.

Il ne l'avait pas dérangée pendant qu'elle se baignait, il lui avait brossé les cheveux et elle lui en était reconnaissante.

Elle traversa la pièce, assise dans la chaise indiquée par Stjepan.

Il lui tendit le lapin fumant et s'excusa de devoir retirer les morceaux à la main.

Elle ne pouvait pas savoir qu'il faisait une autre courtoisie car l'odeur du lapin frit lui était répugnante.

Elle essaya d'être délicate, mais elle avait faim.

Elle mangea rapidement, ignorant la graisse, jusqu'à ce qu'elle soit rassasiée.

Stjepan a jeté les restes à Stankov pour qu'il mange et achève le lapin.

Kristina regarda impuissante autour d'elle pendant une seconde pour quelque chose à essuyer ses mains.

Se souvenant de ses vêtements détruits, elle se leva pour s'essuyer les mains avec.

Stankov prenait la dernière grosse bouchée et l'avalait, mâchant à peine.

Kristina est revenue rapidement et a déménagé aux côtés de Stjepan.

Lorsque Stankov a terminé, Stjepan a annoncé qu'il était temps de partir.

Comme il n'y avait rien d'important à ramasser dans la cabine, ils sont partis après avoir éteint le feu.

* * *

Poursuivant une fois de plus vers la maison de Stjepan, il faisait beau pour eux.

Voyageant à un rythme rapide, ils atteignirent rapidement une écurie Goran.

Se faufilant à l'intérieur, Stankov a acculé deux chevaux pour les aider dans leur voyage.

Il les sortit et Stjepan aida Kristina à se relever avant de grimper derrière elle, laissant Stankov se débrouiller tout seul.

Mettant les chevaux au galop rapide, ils repartirent.

Stjepan était soulagé de bouger rapidement, mais très conscient de la beauté assise devant lui.

Il retint son souffle pendant de longues périodes, résistant à l'envie de la pousser doucement contre sa poitrine.

Juste avant la route d'Omiš, il y avait une branche basse.

Fusionnant mentalement avec le cheval de Stankov, Stjepan lui ordonna de se diriger droit vers la branche et à une vitesse vertigineuse.

Stankov ne s'attendait pas à l'éclatement de la vitesse ou à la branche d'arbre.

Elle s'est écrasée sur lui, tombant instantanément du cheval et l'assommant.

Le cheval libre de son cavalier rentra aussitôt chez lui.

Stjepan a gardé Kristina sous contrôle devant lui, poursuivant la marche.

CHAPITRE XXVIII

Vladimir et la compagnie ont atteint la cabane abandonnée.

Notant les signes récents de présence comme les odeurs persistantes d'un feu et les restes de lapin cuit.

En se déplaçant dans la cabine, ils ont trouvé les vêtements et l'eau du bain jetés de Kristina.

En partant, ils ont cherché des signes de la direction dans laquelle ils s'étaient dirigés pour s'assurer qu'ils ne manquaient aucune direction.

Continuant vers le sud, ils les suivirent jusqu'à la grange.

Ils ont été dévastés car Goran n'avait plus qu'un cheval.

Et juste au moment où ils commençaient à désespérer, le cheval qui avait fui le Stankov tombé vint à l'écurie.

Les côtés de sa bouche étaient remplis de mousse, mais les hommes ne pouvaient pas s'attendre à ce qu'il se repose beaucoup.

Goran caressa le cheval, parlant à son oreille et le laissant reposer quelques instants.

Il a ensuite remis le cheval de l'écurie à Vladimir et ils ont rapidement monté les deux chevaux, avec Darija et Roko courant à leurs côtés.

Anđelko et Goran partageaient le cheval qui était revenu, avec Vladimir monté sur le cheval plus frais, qui était dans l'écurie, au cas où il devrait partir à la poursuite rapide de son ennemi.

Ils tombèrent bientôt sur le Stankov inconscient.

En y jetant un œil, ils ont éperonné leurs chevaux.

Vladimir se séparait d'eux avec Darija et Roko.

Le cheval surmené d'Anđelko et Goran s'arrêta finalement épuisé.

Ils ont regardé la silhouette fatiguée du cheval pendant un moment et l'ont attaché à un arbre à côté d'un ruisseau, qui avait de l'eau douce et de l'herbe, afin qu'il récupère.

Puis ils ont continué à pied après lui.

SIXIÈME PARTIE
KATARINA

CHAPITRE XXIX

Stjepan fit s'arrêter le cheval tremblant et épuisé devant son imposant manoir.

Le cheval renifla sauvagement.

Son souffle évident dans l'air glacial de la nuit, secouant sa crinière de dégoût d'être encore dehors cette nuit-là.

Stjepan sauta de son dos et tint Kristina dans ses bras, se dirigeant vers le portail ouvert.

Gabrijel attendait son maître.

Le visage de Kristina était pressé contre son corps, exposant sa gorge et sa courte pulsation de la veine de son cou le distrayait.

Des vrilles chaudes de désir parcouraient ses veines, chauffant son sang et se rassemblant au cœur de son être.

Comment il voulait qu'elle presse ses lèvres là, juste une fois.

Mais il savait que même alors, ce ne serait pas suffisant.

Cela faisait longtemps qu'il n'avait pas ressenti l'agitation de ses zones les plus intimes par quelqu'un comme elle.

Oh, comme il aurait souhaité l'avoir trouvée avant Mislavirov!

De toute cette maudite chance, il se lamenta avec frustration.

"Gabrijel! Gardez la porte fermée mais non barrée et préparez-vous à l'arrivée imminente de Mislavirov! Je vais déposer cette adorable créature dans la maison et revenir rapidement. Et prenez soin du cheval s'il vous plaît. C'est une bonne monture."

Stjepan se dirigea vers son bureau qui faisait face à l'imposante entrée.

Il posa Kristina sur une chaise moelleuse et déposa la mince poupée qu'elle se protégeait sur le côté près du feu.

Il plaça soigneusement une petite couverture sur son corps tremblant.

Il recula d'un pas, masquant le vif désir qu'elle avait réveillé.

Elle le regarda confus et suppliant.

«Je suis désolée, ma douce Kristina. Je ne peux pas vous assister ou vous accueillir plus que ça. J'enverrai Helena avec de l'eau et du vin. S'il vous plaît, essayez d'être à l'aise en mon absence. Je reviendrai bientôt.

»Murmura Stjepan, écartant les cheveux de son visage et passant un seul doigt sur sa douce joue.

Il se retourna brusquement, tenant la porte ouverte du couloir, la laissant perplexe et plus qu'un peu perplexe.

Surprise par ses pensées, elle se recula pour contempler sa signification.

Elle a découvert que, malgré les circonstances, elle aimait l'homme.

Il l'avait effrayée oui, mais aussi protégée, et avait pris soin d'elle et elle commençait à croire qu'il n'avait aucun instinct pour la blesser.

Son étonnement était qu'elle aimait Vladimir; il n'y avait aucun doute là-dessus ni sur la place de sa loyauté.

Mais aucun d'entre eux ne voulait la blesser.

Elle était dans une grande confusion au sujet de tous les événements qui s'étaient produits si récemment.

Elle a voulu oublier inutilement le sentiment pendant un moment, mais elle a ensuite attendu.

Il ne pouvait rien faire d'autre, peu importe combien il souhaitait qu'il en soit autrement.

Il essaya de se souvenir de toutes les actions qui s'étaient produites depuis hier.

Et même s'il essayait de conjurer tout sentiment de malaise pour Stjepan, il n'y en avait pas.

Malgré leur rencontre initiale et son asservissement avec le collier, il l'avait protégée de Stankov, et elle lui en était reconnaissante.

Elle savait qu'il n'avait pas à le faire, mais il l'avait quand même fait.

Et il s'était comporté avec honneur envers elle.

Il mordilla sa lèvre inférieure inconsciemment, ramassant des détails.

C'était un exercice que Vladimir avait fait avec elle pour la rendre plus consciente de son environnement.

C'étaient de petits décors au début, mais elle avait travaillé avec des décors plus grands avant sa captivité.

C'était l'une des raisons pour lesquelles elle avait convaincu Anđelko de l'emmener à la clairière.

Elle avait voulu surprendre Vladimir avec sa pratique.

Mais il ne sert à rien de réfléchir à ce qui ne peut pas être changé.

Il espérait juste pouvoir négocier une paix entre eux deux.

L'étude où elle l'avait laissé était élégamment décorée et convenait bien à l'homme.

Le bois de cerisier foncé formait de solides moulures et couronnes.

Le fond de la pièce était décoré d'un vert mousse en sourdine et était interrompu par des étagères qui bordaient les murs.

Le manteau au-dessus de la cheminée était d'un blanc crème, sur lequel reposaient deux chandeliers à la lumière joyeuse.

Un portrait de qui Đurđa doit avoir été orné sur le mur devant son bureau en cerisier, où se trouvait un livre ouvert.

Et sur la photo du portrait, elle tenait un bouquet de fleurs sauvages, ses cheveux tombant autour d'elle et avec une expression d'émerveillement dans les yeux alors qu'elle souriait à Kristina.

Très jeune et très plein de vie.

Kristina soupira maintenant avec une grande connaissance pour sa part de la tristesse qui s'était produite ici depuis la perte d'une personne aussi charmante et pleine de vie qu'elle.

Stjepan semblait ne vivre que la moitié de sa vie dans le présent, embourbé dans le chagrin du passé.

Un léger coup à la porte ouverte et un domestique entra.

Ses joues étaient en forme de pomme et elle souriait avec hésitation, ses doux yeux bleus offrant de la gentillesse.

Elle boitait légèrement en marchant et un tablier était noué autour de sa large taille.

Il s'approcha soigneusement de Kristina et plaça un plateau de boissons à portée de main.

Elle s'inclina et s'éloigna rapidement, quand Kristina parla.

"Merci. Helena, n'est-ce pas ?"

"Oui, mademoiselle. Je le suis."

"Helena, veuillez vous asseoir près du feu. J'aimerais que vous me parliez un moment."

Kristina pensait en apprendre davantage sur Stjepan, espérant trouver une opportunité qu'elle pourrait utiliser pour éviter une catastrophe.

Le confort de sa maison qu'elle a catalogué dans son esprit et davantage de sa personnalité et de son allure était ce qu'elle recherchait maintenant.

Il essayait d'utiliser tous ses sens pour avoir une image plus claire de cet homme tourmenté et de la douleur avec laquelle il luttait.

Sa gentillesse envers elle contrastait fortement avec ses sentiments amers envers Vladimir.

Il aspirait à en savoir plus sur ce qui s'était passé cette nuit fatidique qui avait causé la mort de Đurđa et la rupture entre les êtres sombres.

Helena la regarda avec méfiance.

"Mais mademoiselle, je ne peux pas faire ça."

"S'il te plaît Helena. Je suis fatiguée et j'ai hâte de parler à une femme. Je ne veux pas te blesser ou te faire du mal. Mais j'apprécierais ta compagnie," plaida Kristina.

"Très bien, mademoiselle. Mais pas de trucs." Helena s'assit maladroitement dans le siège passager de Kristina.

Il regarda le bleu sur son poignet avec consternation, mais ne dit rien à ce sujet.

Les voies de son Maître lui restent si mystérieuses même après toutes ces années.

Elle se signa silencieusement qu'il serait bien protégé dans sa recherche.

"Pas de trucs Helena. Et s'il vous plaît appelez-moi Kristina. Merci d'être assise avec moi parce que je sais que vous êtes occupé. Je n'ai pas eu une bonne conversation avec une femme depuis longtemps et elle m'a beaucoup manqué. Avez-vous travaillé pour Conde Stjepan depuis ça fait longtemps?"

"Mlle Kristina, Gabrijel et moi sommes arrivés peu de temps après notre mariage il y a vingt ans. Le professeur est bon et gentil avec nous et nous le servons du mieux que nous pouvons." Helena souffla en disant cela.

Elle hésitait à en dire plus, mais était attirée par la charmante jeune femme assise si fièrement devant elle, même dans une situation aussi désespérée.

Il y avait un feu et une passion chez Kristina qui lui rappelaient sa fille unique, Katarina.

«Avez-vous des enfants, Helena? Je suis désolé si c'est personnel, si vous me le dites, je n'en demanderai plus.

Kristina essayait de trouver un moyen de faciliter la conversation qu'elle avait vraiment l'intention d'avoir avec la timide Helena.

Le visage d'Helena s'illumina encore plus.

«Oui, j'ai une fille, Katarina. Elle est à l'école, car l'enseignant a insisté sur le fait qu'elle devait y aller. Il dit qu'elle est intelligente et que cela lui permettrait de renforcer son esprit. Elle me manque terriblement. Mais je sais que c'est pour le mieux. pour elle. Le maître le sait. Il ne lui a jamais fait de mal et il ne veut que le meilleur pour elle, il l'aime. Cependant, bientôt elle sera à la maison pour toujours, jusqu'à ce qu'elle soit mariée. "

Kristina a réfléchi à cette information et a estimé qu'elle avait trouvé son opportunité.

«Vous dites que le comte Stjepan l'aime?

Helena réalisa qu'elle s'était mal conduite, mais il était trop tard pour corriger.

Se levant avec raideur, il s'inclina devant Kristina et quitta brusquement la pièce.

Helena s'attendait à une rencontre entre sa Katarina et le comte Stjepan, car elle savait qu'ils étaient faits l'un pour l'autre.

Ils formaient un couple frappant à la vue de tous.

Les yeux de Stjepan suivirent les mouvements de Katarina quand elle ne regardait pas.

Mais elle n'était pas au courant de ses pensées et Katarina pourrait être une fille volontaire.

Elle se précipita hors de la pièce, priant pour que Stjepan survivrait à cette nuit de chaos et de troubles, car Katarina serait bientôt à la maison et ensuite ce qu'il y avait à voir serait vu.

Kristina a regretté le retrait d'Helena, mais c'était certainement une information qui méritait d'être déconcentrée.

Elle n'était pas sûre d'avoir le droit de l'utiliser, mais peut-être ...

Il détendit ses épaules sur le coussin de la chaise et réfléchit à ce qu'il pourrait faire avec ces nouvelles connaissances.

CHAPITRE XXX

Stjepan bougea gracieusement après une courte baignade, même s'il savait que la situation allait bientôt devenir explosive.

Il lui avait fallu un peu de temps pour réfléchir à ce qu'il prévoyait de faire.

Ses pensées spontanées sur la beauté de Kristina l'avaient amené à faire des concessions qui pourraient avoir des conséquences mortelles pour lui.

Il avait besoin de temps pour fusionner ses pensées et garder ses objectifs à l'esprit.

Et il ressentit un élan de remords d'avoir été si touché par elle quand il savait que sa Katarina revenait vers lui.

Elle ne savait toujours pas, mais il prévoyait de se manifester et espérait qu'elle l'accepterait.

Maintenant, il était stupéfait par sa réaction à Kristina.

Comme s'il avait besoin de plus de maux de tête.

Bon sang!

Elle a enfilé une culotte moulante avec des cuissardes cirées, puis une chemise blanche, ouverte au cou, avec de la dentelle en cascade sur le devant.

Il ne s'embêta pas avec un gilet ou un manteau, mais prit plutôt l'épée et attacha le fourreau d'un côté.

Elle noua négligemment ses cheveux avec un ruban de velours céruléen.

C'était la couleur préférée de Đurđa et il se sentait en quelque sorte plus proche d'elle.

Il avait le cœur brisé de la perte du médaillon et reviendrait dans la clairière pour le trouver après avoir traité avec Vladimir.

Sortant de la pièce, il alla voir Gabrijel et les préparatifs dont ils avaient discuté avant de s'aventurer dans sa chambre.

Revenant à l'entrée, il regarda autour de lui avec satisfaction.

Il voulait depuis longtemps attirer Vladimir chez lui.

Aucune planche n'avait donc été utilisée pour couvrir les fenêtres et la porte d'entrée était déverrouillée.

Les préparatifs d'un dîner étaient terminés.

Elle prévoyait de bien dîner et généreusement une fois qu'elle se serait disputée avec lui.

Et Stjepan espérait garder Vladimir plus déséquilibré en apparemment peu bouleversé et très insouciant.

Les lèvres tremblantes, il attendit son invité attendu.

CHAPITRE XXXI

Vladimir a arrêté le cheval à une courte distance de la maison de Markovic.

Il savait qu'il y avait un plongeon dans la mer agitée en contrebas, des deux côtés, donc son approche devrait se faire par l'avant ou par la droite de l'entrée.

Des souvenirs ont inondé son esprit une fois de plus de leur amitié précédente alors qu'il essayait de se souvenir de l'intérieur de la maison ...

Il y a cent ans ...

Franchissant la porte d'entrée, les deux amis se sont serrés le dos.

La course qui s'était terminée à l'extérieur du manoir de Stjepan avait été un match nul.

Ils riaient et échangeaient des blagues vulgaires comme le font habituellement de bons amis.

Ils revenaient d'une nuit de troubles et avaient rencontré deux beautés qui avaient satisfait leurs besoins d'un peu d'or et de nourriture.

Ils n'avaient pas réalisé qu'ils avaient également donné une partie du sang de leur vie pour nourrir les deux vampires.

À l'âge de vingt-cinq ans, ils ont senti que le monde était à eux.

Et ils étaient encore sous le choc de leurs expériences d'il y a six mois.

C'est alors qu'un vampire âgé les trouva une nuit similaire à celle-ci.

Et il les avait faites siennes.

Ayant eu peur pour leur vie, ils étaient reconnaissants de continuer à respirer.

Et étant jeunes, ils n'avaient pas fini de semer des graines sauvages.

Vladimir sourit avec indulgence à ces souvenirs, mais il devait se concentrer sur des événements plus récents.

Soupirant profondément, il revint à l'époque quelques mois avant la mort de Đurđa.

Il y a 90 ans...

Vladimir avait été invité par Stjepan à leur rendre visite.

Les deux amis ne s'étaient pas vus depuis deux ans, tous deux occupés avec leurs affaires et en apprenant davantage sur l'art ancien du vampirisme.

Chacun avait supervisé la propriété de l'autre pendant un certain temps sous la tutelle de leur maître, Mihael, et maintenant ils devaient renouveler leur amitié et célébrer le retour de Đurđa, la sœur de Stjepan.

Il était à l'école depuis douze ans.

Elle n'avait été qu'une enfant la dernière fois que Vladimir l'avait vue.

Mais il se souvenait d'elle comme si c'était hier.

Elle les suivait comme un chiot, s'ils la laissaient faire.

Tous avant leurs transformations respectives, il y avait donc de l'appréhension dans leur réceptivité pour eux deux.

Đurđa avait neuf ans l'année de leur rencontre.

Un mariage tardif avec le père de Stjepan l'avait engendrée.

Il avait des cheveux blonds légèrement laiteux et un très beau sourire.

Le dernier jour avant de partir à l'école, elle avait annoncé ses intentions d'épouser Vladimir, à ses rires, mais pas aux siens.

Il avait eu une expression calme et sérieuse en le disant.

Vladimir avait été très prudent, se penchant sur sa main et la remerciant pour le compliment.

Puis il avait disparu à l'intérieur de la maison, pour ne plus être revu qu'après son départ.

Il avait hâte de voir la jeune femme qu'elle était devenue.

Il espérait qu'elle avait surmonté ce qu'il espérait être un fantasme passager pour lui.

En montant les marches, il souleva deux fois le heurtoir et attendit patiemment qu'il s'ouvre.

Il a été rapidement présenté par le majordome de Stjepan.

Il a remis ses gants et son chapeau et enlevait son manteau lorsqu'il a entendu un léger bruit sur les marches de l'escalier.

Levant les yeux vers le doux bruit, son cœur s'arrêta de battre pendant un moment.

Se déplaçant lentement, la plus belle créature qu'il ait jamais vue descendit vers lui.

Ses cheveux étaient habilement arrangés pour exposer la forme de son col de cygne, ses yeux sherry vifs étaient fixés sur les siens et ses lèvres se courbaient en un sourire timide.

Elle était élégamment vêtue d'une robe étincelante du jaune beurre le plus clair qui lui pinçait la taille et laissait le haut de sa poitrine exposé à ses yeux festifs, avec de petites pantoufles ornant ses pieds et montrant un peu une cheville à chaque descente.

Vladimir leva un doigt pour ajuster son collier, seul signe qu'il était dérangé par sa beauté et par l'envie inattendue de désir pour la sœur de son ami.

Il s'éclaircit la gorge pour tenter de reprendre le contrôle.

Elle glissa vers lui, écartant ses doigts, qu'il serra joyeusement et porta rapidement à ses lèvres.

Đurđa rit, se rappelant que c'était le dernier geste qu'elle lui avait montré quand elle avait neuf ans.

Elle écarta ses lèvres au frôlement nu de ses lèvres contre sa chair et attendit qu'il finisse son arc.

"Đurđa, tu es ravissante. Et il n'y a aucun signe en vue que le lutin espiègle nous pourchasse. Ravi de vous voir."

«Mon cher comte Vladimir, je ne suis plus cette fille. J'espère être plus raffinée que cela.

Sa voix musicale atteignit ses oreilles et il l'accueillit.

Il sentit un nœud dans sa poitrine à la simple pression de ses doigts sur les siens.

«Viens au bureau. Stjepan a dit qu'il se joindrait à nous momentanément. Dans mon impatience, je l'ai laissé finir de donner des instructions à Helena pour le dîner.

Vladimir était prêt à la suivre dans le bureau, en prenant soin de garder ses yeux sur son cou et non sur ses hanches, mais c'était difficile.

Il ajusta son cou une fois de plus.

Đurđa se retourna à l'improviste et se jeta dans les bras de Vladimir.

Il n'avait pas d'autre choix que de l'attraper.

Elle tourna son visage vers son épaule et le serra étroitement dans ses bras.

Vladimir pouvait sentir le contour de son corps pressé contre le sien, et il savait qu'il était imprimé de manière indélébile dans son esprit.

Il retira doucement ses bras de son cou après l'avoir brièvement tenue et la placer une fois de plus devant lui.

«Tu m'as manqué, Vladimir! Je sais que c'est impitoyable et féminin, mais c'est vrai. J'ai compté le temps jusqu'à ce que nous nous revoyions. Je suis désolé!

Il couvrit sa bouche en faisant un pas en arrière.

«S'il te plaît, ne sois pas désolé, Đurđa. Tu m'as ... manqué aussi. Je n'avais pas réalisé à quel point.

Vladimir fut surpris de s'entendre dire cela, car il avait l'intention de dire quelque chose de tout à fait différent.

Il ne voulait pas le retirer, surtout quand ses yeux s'illuminaient encore plus et que ses lèvres se séparaient à nouveau.

Galamment, il glissa sa petite main dans la courbe de son coude et la plaça, allongée, sur un petit canapé.

Il prit une petite collation, revint à ses côtés et se pencha pour la lui remettre.

Stjepan les rejoignit alors, diaboliquement beau à part entière.

Ils ont parlé pendant un moment jusqu'à l'heure du dîner.

Alors ils ont déménagé dans la salle à manger et ont continué leur coexistence.

Stjepan était perplexe devant les courants sous-jacents et les regards entre sa sœur et son amie, mais l'attribuait à leur retrouvailles.

Plus tard dans la nuit, il était perplexe, se rendant compte qu'il était témoin d'eux deux tomber amoureux à table.

Dans les jours qui ont suivi, Stjepan leur a donné ses bénédictions.

Vladimir et le nouveau venu Đurđa n'avaient vécu ensemble dans leur maison que pendant une semaine avant que la tragédie ne frappe.

Et Vladimir n'avait pas revu Stjepan, avec ses promesses de châtiment, depuis cette terrible nuit.

CHAPITRE XXXII

Dans son esprit, Vladimir avait revisité la maison à travers ce qu'il avait dans ses souvenirs.

Il était prêt à aller sauver Kristina.

Sachant que Stjepan attendrait, il se dirigea vers la porte d'entrée et lui donna un coup de pied, dans une explosion de force surnaturelle.

Stjepan se tenait de l'autre côté de l'entrée, pas le moins du monde surpris par son entrée forcée.

Kristina y avait également été déplacée avec un chiffon doux couvrant sa bouche.

Ses yeux étaient énormes et ils tiraient sur ceux de Vladimir alors qu'il la voyait attachée là, buvant d'eux à la vue de son amour dans les griffes du démon.

«Vous êtes bien connu, Vladimir. C'est bien que vous vous joignez à nous.

Taquin, Stjepan s'inclina légèrement, ne quittant jamais Vladimir des yeux.

Sa main plana au-dessus de l'épée, sans la toucher.

Son reflet projetait des ombres sur le mur, dansant joyeusement avec le couloir illuminé.

"Stjepan! Je jure par tout ce qui est sacré que si vous avez abîmé un cheveu sur la tête de Kristina ..."

Malgré ses émotions face à son vieil ami, Vladimir a été brillant dans sa prestation, une note mortelle évidente dans son discours.

Il touchait le collier, le passait entre ses doigts, s'assurant que Stjepan le voyait là.

Enroulé autour de ses doigts, caressant le velours, taquinant en retour.

Se présentant comme imperturbable en voyant le trésor familier et en apaisant sa colère sans hésitation, Stjepan haussa simplement les épaules.

«Mon cher Vladimir, viens. Mon mépris et ma colère sont réservés pour toi, pas pour cette chère fille douce. Je dois te dire que sa viande est succulente, souple et très savoureuse.

Stjepan passa une main apparemment insouciante dans les serrures de Kristina.

Kristina a été horrifiée par son commentaire et a essayé de projeter la fausseté de ses paroles sur Vladimir.

Enragé, Vladimir s'est envolé vers Stjepan, qui a profité de l'air venant vers lui pour sa vengeance rapide.

Ils se faisaient face au milieu de la pièce, se battant corps à corps.

Il semblerait qu'ils avaient presque oublié leurs épées alors qu'ils s'attaquaient les uns les autres avec une colère amère, les griffes tendues.

Ils se sont engagés pendant ce qui semblait être des heures, sans céder un pouce, à la fois retenant leurs ressentiments et alimentant leur haine avec le contact.

Avec des sifflements et des grognements, ils rongeaient l'assiette froide de la vengeance avec des passions enflammées attisées avec véhémence.

S'accrochant à Stjepan, Vladimir pressa le talon de sa main contre le menton de son adversaire, fort mais lentement, forçant sa tête en arrière pour la tenir à distance.

Sachant que Stjepan pourrait facilement déchirer sa chair avec ses crocs, mettant fin à ce combat rapidement.

Stjepan lui attrapa la gorge brusquement, serrant fermement son poing serré à son abdomen.

Il a envoyé l'homme naviguer dans les airs, où il a atterri avec un crash impressionnant de l'autre côté de la salle d'entrée.

La salle tonna avec la force de résonance de l'impact.

Le mur contre lequel il avait atterri trembla.

Une fissure s'est ouverte en diagonale de la base au plafond.

Assommé pendant un instant, Vladimir sursauta en se levant du sol où il s'était enfoncé.

Il a été soudainement frappé à nouveau, contraint de nouveau au mur, accompagné d'un grognement furieux de Stjepan.

Les deux ont repris leur combat.

Coup après coup déchirant la chair qui guérissait lentement au fur et à mesure que le combat progressait.

Stjepan avait une lèvre ensanglantée et Vladimir avait une coupure à l'œil.

Kristina se tendit contre ses attaches et essaya frénétiquement de retirer le tissu de sa bouche.

Elle l'avait presque libéré maintenant.

Elle grimaça en les voyant échanger plus de coups corporels.

Elle souhaitait plus de force en utilisant toutes les réserves de force qu'elle avait en elle.

Gabrijel et Helena regardaient depuis la porte de la salle à manger, immobiles, restant à l'écart.

Franchissant la porte à ce moment, Anđelko et Goran entrèrent avec une fille à la remorque.

Ils se sont tous arrêtés en sursaut à ce qui se passait avant eux.

La petite fille souleva le capuchon de sa cape, révélant des cascades de cheveux cuivrés et des yeux verts interrogateurs brillants, des yeux qui correspondaient aux portraits sur les murs du bureau de Stjepan.

Gabrijel et Helena poussèrent des cris de joie en la voyant.

Abandonnant leur poste et se précipitant pour la serrer dans leurs bras avec leurs corps, ils parlèrent tous avec enthousiasme.

Vladimir et Stjepan ne se rendaient pas compte qu'ils étaient tellement pris entre leur rivalité et leur concentration.

Juste à ce moment, Kristina a réussi à libérer sa bouche.

Prenant une profonde inspiration, elle hurla en même temps que la jeune fille qui, en recevant l'étreinte de ses parents, fut surprise par la scène qui se déroulait devant elle.

«Vladimir! Kristina criait frénétiquement à pleins poumons.

«Stjepan! Katarina l'a supplié, luttant pour échapper à l'emprise de ses parents.

Les deux vampires étaient stupéfaits de la puissance de leur capacité pulmonaire combinée et de leur discours inattendu.

Des forces invisibles les ont forcées à se séparer et à rechercher les femmes.

Stjepan traversa la salle à une vitesse impressionnante pour attraper Katarina dans une étreinte d'ours intimidante.

Elle le rendit avec une égale ferveur.

Vladimir attrapa le visage de Kristina entre ses mains et amena ses lèvres sur les siennes dans un long baiser passionné.

Le brisant finalement, il chercha dans ses yeux la vérité et la trouva là, fermant brièvement les siens avec soulagement.

Il savait que Stjepan ne lui avait pas fait de mal.

Il la libéra de son esclavage, la rapprochant de son corps pour la tenir.

Elle enroula ses bras autour de son cou, reconnaissante qu'il soit enfin une fois de plus avec elle.

S'adressant aux autres avec Kristina étroitement serrée contre lui, il inspecta la scène devant lui.

Sachant que ce n'était pas fini; Il les a conduits avec précaution vers le groupe à la porte.

Stjepan leva les yeux, tenant sa belle fille dans ses bras.

Il tremblait de la bataille et de voir Katarina.

Il regarda le mouvement de Vladimir, mais ne fit pas un mouvement de colère vers lui.

Soupirant profondément et passant ses doigts dans ses cheveux, il attendit la prochaine conflagration, mais le combat et le besoin de vengeance avaient quitté son corps.

Il savait ce qu'il avait dans ses bras et il détestait la laisser partir, car elle semblait être la sienne.

Tous les effets résiduels que Kristina avait maîtrisés sur lui se transmettaient comme par magie à la beauté ardente qui savait maintenant qu'elle avait vraiment perdu son cœur.

Silencieusement, il fit un signe de la main vers la table de la salle à manger qu'il avait préparée.

Après tout, c'était un hôte aimable.

SEPTIÈME PARTIE
STANKOV

124

CHAPITRE XXXIII

Stankov déplaça lentement chaque membre de son corps, réveillant des torrents d'inconfort.

Il avait de la douleur dans la tête et de la colère dans son cœur.

Il lui a fallu un certain temps pour se relever du sol froid.

Se penchant sur ses genoux, essayant de reprendre son souffle alors que l'air froid de la nuit déchirait son âme, elle grogna d'effort.

Étant donné qu'il était plus soldat que chef malgré sa bravade plus tôt dans la semaine, il savait qu'il devait réfléchir soigneusement à ses choix.

Si Stjepan détruit Vladimir, il lui suffirait de détruire le cœur d'un vampire et l'inverse est également valable.

Il bougeait fortement.

Et oh, sa tête lui faisait mal, elle avait des larmes dans ses yeux à cause de ce fardeau et elle tremblait de froid et d'humidité.

Cette petite pute avait beaucoup à répondre et il allait lui apprendre les bonnes réponses.

Il ne pouvait pas sourire à ses pensées obscènes à cause de sa misère abjecte, alors il commença à marcher péniblement vers le manoir de Markovic.

CHAPITRE XXXIV

Alors qu'ils s'étreignaient ensemble, Kristina s'est battue contre le côté de Vladimir.

Il resserra immédiatement sa prise sur elle, la forçant silencieusement à rester ainsi et grogna doucement à son front.

Il ne le fit pas avec dégoût pour ce qui s'était passé, mais avec le besoin désespéré de la serrer dans ses bras.

Il ne pouvait s'empêcher de penser qu'il l'avait presque perdue, alors il resta sur ses positions.

Il serait dévasté si jamais elle était vraiment perdue pour lui.

Vladimir n'en avait pas du tout fini avec Stjepan, mais cela pouvait attendre.

Le confort et la sécurité de Kristina étaient les pensées les plus importantes dans son esprit.

«Mon Seigneur Stjepan, si je pouvais me rafraîchir avant de nous rencontrer à table, je vous en serais reconnaissant. Kristina a essayé d'être respectueuse envers les deux hommes en disant cela.

Dans l'espoir d'éviter de provoquer une quelconque animosité par votre demande.

Il sentit son souffle rattraper ses poumons.

Vladimir tressaillit intérieurement devant sa politesse et son manque de colère face à la situation.

Je n'étais pas si intimidé.

Cependant, il a réévalué à la hâte la scène dans son esprit.

Pour le moment, il devrait attendre son heure, décida-t-il.

Mais pas de beaucoup.

Il avait attendu jusqu'à maintenant pour savoir ce qui était réellement arrivé à Đurđa cette terrible nuit et il obtiendrait des réponses.

Il ne pouvait plus se permettre d'attendre.

Il avait besoin de l'expiation ou de la culpabilité pour sa mort, mais pas de ces limbes.

Ce serait donc résolu d'une manière ou d'une autre ce soir.

Alors Stjepan se porterait garant de la terreur qu'il avait causée à sa précieuse Kristina, ce qui était promis.

Katarina a secondé Kristina en demandant à se rafraîchir également.

À contrecœur, parce qu'il ne voulait pas se séparer d'elle, Stjepan lui a permis de le faire, mais pas avant de l'embrasser sur la tempe.

Il était conscient qu'il pourrait encore être sans elle s'il ne faisait pas attention.

C'est pourquoi il fut lent à répondre à sa demande, ne voulant pas que ce soit la dernière fois qu'il la tienne dans ses bras.

Katarina grimaça alors qu'elle appréciait le brossage de ses lèvres, malgré ses meilleurs efforts pour rester distante, car elle n'était pas encore prête à partager ses sentiments pour Stjepan.

Un point qui était sans objet parce qu'elle persistait à continuer dans le confort de ses bras.

Il se détourna de Stjepan et fit un signe de tête vers Kristina, la conduisit dans une chambre d'amis pour qu'ils puissent se rafraîchir et peut-être parler.

Le reste du groupe se rendit tranquillement à la salle à manger et attendit son retour.

Une trêve maladroite s'ensuivit entre Vladimir et Stjepan alors qu'ils se promenaient dans la pièce en se tenant à l'écart.

De multiples pensées rampant dans l'esprit des vampires les faisaient tous deux marmonner de la désapprobation dans leur souffle.

Vladimir se dirigea vers la fenêtre pour regarder aveuglément l'obscurité de la nuit, se demandant où était passée toute sa colère.

Il se surprit à réfléchir sérieusement pour la première fois à savoir si Stjepan et lui pourraient résoudre leurs différends.

Mais il garda ces pensées pour lui.

Stjepan s'arrêta à table pour prendre quelques raisins.

Mâchant pensivement, il resta immobile, immobile, réfléchissant à lui-même.

Le tourbillon d'émotions qu'il avait provoqué une douleur momentanée dans sa tête.

S'il doit conserver sa colère résiduelle ou accepter la possibilité que Katarina et son amour se battent pour la suprématie dans ses pensées.

Il leva une main pour se frotter la nuque, essayant de soulager la pression, puis pincer l'arête de son nez.

Finalement, l'entente s'est résolue.

Il n'avait pas besoin d'être seul là-dedans, c'était son choix.

Pour maintenir le réconfort froid de sa colère qui avait régné sa vie pendant si longtemps ou pour trouver la chaleur et la joie d'être dans les bras de Katarina.

L'impact combiné que Kristina et Katarina ont eu sur eux était profond et par décence pour leurs amours respectives, ils continueraient à s'entourer avec précaution, se regardant l'un l'autre, mais s'abstiendraient de plus de violence jusqu'à leur retour.

Ne voulant pas donner à l'autre un pouce ou un avantage, ils ont attendu.

Chacun était curieux de savoir ce qui allait arriver, mais pour le moment, ils réserveraient leurs forces individuelles et attendaient la fin.

CHAPITRE XXXV

Goran regarda autour de lui avec émerveillement les vues et les odeurs.

Les arômes de viande chère rôtie lentement, de sauce et de citrouille succulente dans les soupières couvertes ont fait saliver vos papilles avec anticipation.

Elle espérait qu'ils pourraient bientôt manger quand son estomac grogna au souvenir de son maigre petit déjeuner il y a longtemps.

Elle lui tapota le ventre comme pour le calmer, sans grand succès.

Et il a regardé avec envie les très bons vins qui étaient disponibles pour accompagner le dîner.

Il s'agita avec sa ceinture, se déchirant et s'inquiétant de la rupture d'une corde.

Anđelko lui sourit avec indulgence en observant le jeu des émotions sur son visage, devinant correctement les pensées de son jeune compagnon.

Il essaya d'être plus pratique lui-même, mais le beau garçon avait ses pensées sur d'autres appétits qui devaient être satisfaits.

Il pensa mieux de suggérer que les deux se retirent dans la grange pour voir les chiens et les chiens-loups, mais il devait attendre au cas où son maître aurait besoin de lui.

Elle soupira, ignorant la lourdeur profonde de son ventre en voyant Goran dans son innocence et sa beauté.

Son désir d'embrasser Goran et d'embrasser sa douce bouche devrait attendre qu'un dénouement se produise.

Il savait qu'il regretterait si lui ou Goran périssaient, mais il avait vécu une longue vie et ses récents souvenirs des bras et du corps de Goran le réconfortaient.

Oh, l'amour qu'ils avaient partagé avait été magnifique et merveilleux.

Cela faisait si longtemps pour lui de ressentir autant d'amour et l'avoir trouvé avec Goran était toujours une chose incroyable pour lui.

Cela avait fait du bien et cela avait été vraiment glorieux.

Une ou deux fois tellement qu'il avait ravi son plaisir dans le pâturage pour que tous les moutons l'entendent.

Goran lui avait beaucoup plu et il savait qu'il avait plu au garçon.

Il ne pouvait pas attendre de rencontrer à nouveau ce moment.

Il s'arrêta résolument à un bout de la table, Goran à ses côtés, regardant les hommes silencieux et maussades.

Quand personne ne les regardait, il passa ses doigts sur la nuque de Goran, lui faisant savoir qu'il pensait à eux et à leur temps ensemble.

C'était le premier geste qu'elle avait fait depuis qu'elle s'était réveillée avec lui ce matin-là.

Goran ronronna presque sous le contact, mais réussit à s'abstenir.

Il ne voulait pas que deux paires d'yeux torturés le regardent.

Le petit geste de réconfort suffisait pour l'instant.

CHAPITRE XXXVI

Kristina n'était pas étrangère à l'intention de Katarina et, en fait, elle appréciait l'occasion de discuter avec elle, ayant été témoin de la passion qui avait éclaté entre elle et Stjepan.

Maintenant, elle était plus sûre de sa position sur la question et en était ravie.

Il passa une brosse dans ses cheveux, attendant patiemment que la belle jeune femme commence la première.

Et il n'a pas eu à attendre longtemps.

"Je m'appelle Katarina. Je ne sais pas qui tu es ni qui sont les autres avec toi. Mais maintenant je vais te dire qu'il n'y aura pas d'effusion de sang ici." Elle a piétiné son pied avec insistance. « Je vois que mon retour ici a mis quelque chose en attente. Mais il y aura un ordre rétabli dans cette maison avant la fin de la journée. Maintenant, tu vas me raconter ton histoire. Il a dit avec une grande curiosité et détermination dans sa voix.

Elle se tenait derrière Kristina assise, qui brossait négligemment ses boucles et cherchait ses yeux dans le miroir.

"Merci Katarina. Je suis Kristina et l'homme avec qui je suis est Vladimir. Nous devons parler."

Katarina grimaça, pinçant les lèvres devant le tempérament discret et le discours sans émotion de Kristina.

Il savait bien qu'avant il avait vu le feu intérieur dans ses yeux alors qu'il se libérait de ses liens.

Celui-ci était aussi têtu qu'elle et ils n'avaient pas le temps de ressentir des sentiments lâches.

Stjepan était en danger et serait condamné s'il lui arrivait quelque chose de poli.

Kristina voyant son expression sentit son tempérament monter en réponse.

De quel droit cette fille avait-elle de la juger ?

Respirez Kristina et soyez direct.

Elle peut le gérer.

Voyez les étincelles dans ses yeux et l'éclat de ses cheveux à la lumière.

Celui-ci a de la passion à revendre et n'est pas stupide.

Gardant ses premières pensées empoisonnées tout en gardant sa cible en vue, il continua :

« J'ai beaucoup à vous dire sur les événements récents et ce que je sais des événements passés. Par conséquent, il est bon que vous vous inquiétiez. Je ne veux pas dire par là que vous ou votre famille me manquez de respect. Mais je ne vous considère pas non plus comme un imbécile. . Toi et moi pouvons faire beaucoup de bien ensemble. Et maintenant je vais tout vous dire, sans ménager aucun détail. "

Kristina s'arrêta pour prendre une profonde inspiration puis expliqua tout ce qu'elle savait soigneusement à Katarina, calmement.

Katarina absorba tout cela en silence, haussant les sourcils plusieurs fois et à un moment donné, elle avait une lumière mutine dans les yeux alors que Kristina révélait ce qui s'était passé dans sa salle de bain.

Quand Kristina a arrêté ses explications, Katarina avait ses questions prêtes.

"Kristina, merci pour votre franchise et votre enthousiasme. Stjepan peut être têtu et n'écoute pas toujours la voix de la raison. Je soupçonne la même chose de votre Vladimir."

Katarina s'est lancée à haute voix dans ses réflexions sur la question.

Kristina haussa les sourcils face à son utilisation familière du nom de Stjepan et aux hypothèses flagrantes dans son discours.

Il a ensuite ri, réalisant que Katarina était une âme sœur dans l'entêtement et l'amour et qu'ils pouvaient unir leurs forces pour sortir de l'impasse entre Stjepan et Vladimir.

Toujours en riant, Kristina a déclaré:

"Oh, Katarina, j'ai le sentiment que nous serons de grands amis. Et j'aimerais que nous fassions la paix entre ces deux-là. Je ne vivrai pas dans une situation de malaise malgré mon amour pour Vladimir. Vous ne devriez pas non plus. Il est temps que les différends et les plaintes sont résolus. Voici ma suggestion ... "

Les deux filles se sont réunies et ont bavardé en silence pendant plus d'une demi-heure avant de décider de leurs projets.

Embrassés et avec la lumière de la bataille dans les yeux et d'un pas déterminé, ils retournèrent avec les autres dans la salle à manger.

CHAPITRE XXXVII

Les deux hommes levèrent les yeux de leurs pensées intérieures en entrant et se préoccupèrent immédiatement des expressions concentrées que possédait chaque beauté.

Presque comme par accident, ils ont commencé à verbaliser leurs pensées dans leur tête et à les transmettre à l'autre sans le vouloir.

Un autre chaînon manquant qui se rétablissait rapidement.

Lorsqu'ils se battaient plus tôt, ils avaient gardé leurs intentions fermées les unes aux autres pour ne pas faire basculer la bataille dans l'autre sens.

Mais maintenant, ils s'inquiétaient de ce que ces deux femmes avaient en réserve pour eux.

De quel mal s'agit-il? Vladimir réfléchit.

Normalement, il contrôlait toutes ses émotions, mais la vue d'un combat ouvert avec Kristina serait presque sa perte.

La poitrine se soulevait, ses longues mèches bougeaient en marchant, elle marchait vers lui avec détermination, les sourcils froncés.

Ce n'était pas la même femme qui s'était accrochée à lui plus tôt.

Où avait-elle disparu?

Cette harpie qui approchait n'avait aucun amour dans ses yeux en ce moment.

Il soupira avec nostalgie, souhaitant pouvoir à nouveau faire face à Stjepan.

Les femmes étaient compliquées et elles se révélaient être plus que la plupart.

Stjepan se moqua des pensées de Vladimir, mais était également inquiet.

Sa Katarina avait une expression mutine et une inquiétude dans ses yeux, mais elle était déterminée.

Ses joues étaient gonflées et l'agitation obscurcissait ses beaux traits.

Qu'est ce que j'ai fait?

Je ne protège que ma maison et ma famille.

Et elle était sa famille, qu'elle soit prête à l'admettre ou non.

En fait, il déglutit nerveusement, car elle n'était pas du tout intimidée par lui.

Il a vu cela maintenant.

Même avec tous ses pouvoirs de vampire et son raisonnement logique, elle n'avait pas peur.

Elle n'a pas peur de lui!

Les yeux de Stjepan s'écarquillèrent d'étonnement.

Cela signifiait qu'elle l'aimait vraiment, car pourquoi ferait-elle ça autrement?

A cet instant, Stjepan et Vladimir se regardèrent en fait avec pitié.

Ces femmes charmantes et puissantes semblaient en fait invaincues et n'étaient pas armées.

Quel spectacle à voir!

Les femmes, en commençant par leur plan convenu, se sont approchées des hommes et, les prenant chacun par le bras, les ont conduits à la table.

Assis l'un en face de l'autre au milieu avec leurs femmes à leurs côtés, personne ne s'est assis en tête.

En silence, Anđelko et Goran s'assirent à l'autre bout pour regarder les événements se dérouler.

Helena et Gabrijel sont venus et ont versé des verres de vin pour eux tous, puis se sont retirés pour regarder de la porte de la cuisine.

Vladimir et Stjepan ont essayé de se regarder, Stjepan étouffé par un léger coup au tibia de la chaussure de Katarina et le coude intérieur de Vladimir pincé par Kristina.

Il a pensé à l'avertir et a pensé mieux.

Il se pencha en arrière sur la chaise, l'air calme mais très alerte en sirotant l'excellent vin de la cave Stjepan.

Les deux hommes ont attendu, résignés que les femmes étaient très en charge en ce moment.

Un silence plus profond s'abattit sur chacun d'eux, provoquant même le tic-tac de l'horloge à battre dans un rythme mordant qui résonnait avec le silence absolu de la pièce.

La nervosité des émotions réprimées tourbillonnait rondement jusqu'à ce que la tension atteigne des sommets insupportables.

Goran, qui ne comprenait pas tout ce qui se passait, se déplaça inconfortablement confus.

La fragilité du silence dans la pièce était brisée par ses mouvements.

Kristina pencha la tête vers Katarina, indiquant qu'elle devait agir en premier.

Katarina prit une profonde inspiration.

Elle regarda chacun d'eux dans les yeux.

Satisfaite d'avoir toute son attention, elle commença.

"Stjepan et Vladimir, ce mauvais sang entre vous se termine ce soir. Nous ne tolérerons plus votre haine l'un pour l'autre une minute de plus."

La voix de Katarina était basse et ferme dans son accouchement.

Ses mains reposaient sur ses hanches pendant qu'il parlait à chacun d'eux.

"Cela dit, nous savons qu'ils ont des différends à résoudre les uns avec les autres et nous ne sortirons pas de cette table tant que tout ne sera pas résolu."

Katarina se tourna maintenant vers Stjepan, attrapant son bras, ses yeux implorants et son amour brillaient clairement pour la première fois à la vue de tous.

«Je t'aime Stjepan. Je n'abandonnerai pas cet amour pour ton inimitié, mais je suis prêt à le faire. Je quitterai cette maison ce soir si tu continues à te venger.

Stjepan sentit son cœur se gonfler en entendant ses paroles d'amour et Katarina retint son souffle alors qu'elle lui révélait ses sentiments pour la première fois.

Son sang battait et son bras picotait là où elle le tenait.

Il était impuissant contre sa passion, sa beauté et son intelligence.

Il avait attendu longtemps que sa Katarina se transforme en cette charmante jeune femme.

Une femme qui pourrait et serait sa vraie compagne si elle avait quelque chose à voir avec ça.

Il était prêt à faire tout ce qu'il fallait pour la garder à ses côtés.

Même arranger les choses avec Vladimir.

Cependant, il ne pouvait pas dans sa fierté sembler céder si facilement, alors il grogna simplement et resta silencieux.

Oh, cela a réveillé Katarina un regret.

Mais elle pouvait voir qu'elle n'avait pas mieux réussi avec Vladimir.

Elle avait un léger sourire sur son visage comme si Katarina avait décrit Stjepan comme étant un jeune homme calleux et non un homme.

Oh, je n'aurais pas manqué ça pour le monde! Se dit-il.

Voir Stjepan l'air embarrassé était comme de la musique dans son cœur.

Il rit brièvement de Stjepan qui se tortillait sur son siège.

Katarina le fixa méchamment pendant une seconde et le vit hausser un sourcil face à son expression féroce, puis décida que c'était le problème que Kristina devait contrôler.

Voir sa nouvelle amie prendre une profonde inspiration puis faire face à Vladimir de l'autre côté de la table la fit sourire d'anticipation.

Kristina frappa ses doigts sur la table pour attirer son attention sur elle.

«Vladimir! Kristina lui hurla dessus dans un élan de colère, ses yeux se plissant de consternation alors qu'elle se levait.

Elle ne réalisait clairement pas le risque pour elle sur sa personne si elle continuait à se comporter de manière aussi flagrante, se dit Katarina.

Stjepan semblait convaincu que maintenant lui aussi obtiendrait ce qu'il méritait.

Il a remis à niveau le terrain de jeu dans ses yeux.

Les deux vampires n'étaient toujours pas tout à fait d'accord, mais leur rivalité s'était sérieusement dégonflée avec l'avènement des femmes.

"Quand Katarina a dit sa vérité, elle a aussi parlé pour moi. Résolvez vos différends ou il n'y en a plus. Je suis un ornement pour votre maison, votre table ou votre lit. Les hommes! Bah! Tout ce que vous faites, c'est prendre, prendre et boire! Divisez pour vaincre. Où cela vous a-t-il mené? Aucune des réponses aux questions que vous avez toujours essayé de révéler! Si vous ne saisissez pas cette opportunité ici et maintenant pour vous lier d'amitié avec Stjepan, je ne suis d'aucune utilité pour toi! "

C'est alors que tout le monde s'est rendu compte que Kristina avait utilisé son doigt pour frapper Vladimir sur la poitrine pour affirmer sa position.

Sa petite taille où elle se tenait était incongrue avec son influence dominante, même lorsqu'il était assis.

Cependant, Vladimir se redressa et couvrit doucement son doigt avec sa main.

«Très bien, Kristina. Ordre, et j'obéis, dans ce cas. Tu sais que je peux te tenir, même si tu essaies de t'échapper, et bien que cela puisse être amusant, j'écoute ce que tu dis.

Vladimir a tenté de garder le sens de l'humour hors de sa voix en disant cela, mais a échoué lamentablement.

Elle était à lui et le resterait s'il devait l'enchaîner à ses côtés.

Kristina n'a rien dit, a juste attendu qu'il continue alors que son pied toucha le sol.

"Vous m'avez conquis avec votre amour, votre nature ardente et votre ardeur. Je ferai tout mon possible pour rencontrer Stjepan à nouveau à mi-chemin de cette entreprise."

Vladimir porta alors sa main à ses lèvres et lui baisa les jointures.

Assommée par sa capitulation rapide et son baiser, elle se laissa tomber sur sa chaise, les yeux écarquillés par le tourbillon sombre de la passion dans les siens.

Puis il sut que tout irait bien.

Tout cela.

Vladimir et Stjepan.

Elle et Vladimir.

Ils vivraient à jamais égaux dans leur alliance.

Elle ferma les yeux avec soulagement, amour et gratitude.

Regardant Stjepan pour la première fois sans chaleur dans les yeux, Vladimir commença.

"Stjepan. Tu étais autrefois le frère de mon âme. Mon meilleur ami. Toi et moi avons tout fait ensemble, nous avons tout partagé, y compris l'amour d'Elurđa. Tu m'as manqué même quand je ne t'ai pas reconnu. Je n'ai pas le droit de m'excuser, parce que tu J'ai échoué Đurđa. J'ai échoué parce que je n'ai pas écouté son angoisse. Mais je ne lui aurais jamais fait de mal. Vous devez le savoir! Ne pouvons-nous pas résoudre nos différends? Si ce ne peut être à nouveau une amitié, au moins un accord de paix? "

Il se tut après ses paroles à voix basse.

Stjepan passa ses doigts dans ses cheveux et expira, conscient d'une Katarina vigilante à ses côtés, sa main enlacée avec la sienne sous la table.

«Vladimir, mon cœur a été arraché de mon corps quand j'ai vu Đurđa. J'ai arrêté de vivre à ce moment-là. C'était tout ce que j'avais! C'était tout ce qui était bonté et lumière dans ce monde! Et je vous l'ai confié! "

Une invective amère qui sortit de ses lèvres.

Stjepan gémit à ce moment, se sentant triste de sa douleur.

Douleur que je n'avais jamais ressentie.

Il a sondé les profondeurs de son âme, a couru dans ses veines et a laissé son corps en grands sanglots.

Katarina enroula immédiatement et sans réserve ses bras autour de lui, le berçant doucement, chantant à son oreille.

Il leva les yeux et vit des larmes silencieuses couler mouillées sur le visage de Vladimir de manière incontrôlable et sans honte.

Kristina s'occupait de lui et de ses besoins aussi, effleurant doucement ses doigts contre ses joues, pressant de doux baisers là où les traînées de larmes gisaient.

"Pleure, mon amour. Laisse les poisons du passé quitter ton corps une fois pour toutes. Souviens-toi à quel point Đurđa était bon et sache que je serai à tes côtés pendant que tu le fais."

Katarina continua ses douces intonations, tenant seulement Stjepan près de son cœur, laissant son amour pour lui l'envelopper dans le nuage de son être.

Puis il tendit la main vers elle, enroulant ses propres bras autour de son corps tremblant, acceptant son don de nourriture.

Après un moment de silence, elle essuya les larmes versées et le chagrin de son visage, là où ils s'étaient installés, essayant de retrouver son calme.

Quand elle l'a fait, elle s'est rendu compte que Vladimir et Kristina s'étaient déplacés à ses côtés.

Se levant avec une grâce puissante, il attrapa Vladimir dans une étreinte d'ours d'une grande ampleur.

Les deux amis ont pleuré ensemble sur leur perte mutuelle.

Partageant leur douleur, ils savaient tout ce qui s'était passé dans le passé.

Ils s'étreignirent pendant des minutes, leurs compagnons se tenant à côté d'eux également prêts à offrir leur propre réconfort lorsqu'on le leur demanda.

Enfin, ils se sont séparés pour s'asseoir ensemble et continuer leur duel.

Tout était silencieux et immobile, à l'exception de la respiration laborieuse des deux vampires, anciens amis proches, puis ennemis acharnés, et maintenant se pleurant l'un l'autre, une fois de plus.

CHAPITRE XXXVIII

Sachant instinctivement que tous les quatre avaient besoin d'un peu de temps seuls, les autres quittèrent la salle à manger.

Helena et Gabrijel dans la cuisine.

Il fallait encore s'occuper de la soupe.

Il avait été laissé se réchauffer sur l'immense poêle en fonte pour servir.

Helena a ajouté une pincée de sel et de poivre au mélange, le goûtant pour approbation finale.

Gabrijel a balayé le sol pour aider son Helena.

Son amour pour elle et sa fille illumine ses yeux alors qu'elle la regarde assaisonner sa soupe.

Il a pensé qu'il était un homme très chanceux quand son regard est tombé sur ses fesses rondes.

Elle lui causait encore des remous de luxure et de désir après toutes ces années.

Il commença à fredonner doucement alors que ses pensées se tournaient plus tard dans la nuit après leur départ.

Goran et Anđelko sont allés aux granges.

Une fois sortis des regards importuns, ils s'embrassèrent dans les ombres sombres de la grange.

Avec une lampe de poche qui faisait des scintillements de lumière faible capturer leurs silhouettes alors qu'ils se balançaient ensemble.

Le duo a dansé devant les créatures endormies qui habitaient la grange.

Les touches douces devenaient plus passionnées au fil des minutes.

Les doux baisers devinrent plus chauds, les mains voyageant librement l'une sur l'autre, mettant les vêtements de côté.

Des bruits d'amour se sont pris au fond de leurs gorges et ont été pris dans leur bouche.

C'est ainsi que Stankov les trouva, en fouillant dans leurs vêtements.

Il se moqua silencieusement du couple qui s'étreignait alors qu'il s'approchait.

Proche.

Plus près encore.

Darija et Roko s'étaient blottis pour se réchauffer après les événements de la journée, les chevaux sirotant silencieusement de la nourriture dans des seaux d'avoine à proximité.

Ils se levèrent aussitôt, les cheveux dressés et la bouche béante d'étonnement.

Mais il s'est avéré trop tard.

Stankov écrasa un gros bâton sur la tête de Goran, avant qu'Anđelko ne puisse réagir.

Il est tombé au sol inconscient avec du sang couvrant l'arrière de sa tête, une grande tache en évidence.

Anđelko rugit de rage et de pitié face au corps jeté de son amant et se précipita sur Stankov, tandis que Darija et Roko, déjà réveillés par le bruit, étaient sur leurs talons.

Stankov les a attaqués avec son club, faisant de son mieux pour les tenir à distance, mais ils ont avancé sur lui de tous les côtés.

Quand l'un ou l'autre a été regardé par le balancement sauvage de Stankov, les deux autres ont continué leur chemin.

Pouce par pouce, Stankov perdait du terrain.

Enfin, revenir en arrière jusqu'au mur de la grange.

Et pourtant, ils ont continué à avancer.

Il était difficile de déterminer qui était le plus furieux, Anđelko ou les chiens.

La salive couvrait chacune de leurs mâchoires inférieures, une intention meurtrière dans leurs yeux.

Et comme Stankov ne pouvait pas voir où il allait, il fit des pas lents et mesurés en retraite.

Sa respiration était déchirée par ses efforts, ses yeux écarquillés et flous, frappant aveuglément maintenant alors que la réalité de sa situation le submergeait.

Trébuchant sur un petit affleurement de rochers, il tomba en arrière, sa massue juste hors de portée de ses doigts.

Et ils étaient sur lui comme un troupeau affamé en quelques secondes.

Les chiens déchiraient son corps exposé, Anđelko lui martelant le visage et la poitrine avec des poings durcis.

Stankov a été battu et il le savait.

Montrant une dernière poussée de force, elle relâcha sa prise sur lui et se mit à sauter, boitant lourdement.

Cependant, il avait perdu le sens de l'orientation et courut droit vers les falaises.

Criant de consternation quand il s'en rendit compte, son corps plongea vers les rochers perfides en contrebas.

Le cri hurlant s'est estompé sur fond de mer déchaînée.

Prudemment, Anđelko et les chiens se dirigèrent vers le bord.

Et ils étaient convaincus que Stankov ne vivait plus.

Avec son cou tordu à un angle étrange par rapport au reste de son corps, ils ont regardé avec joie la mer agitée réclamer son corps.

De retour à la grange, Anđelko se positionna à côté du corps immobile de Goran, utilisant frénétiquement des doigts doux pour sonder la blessure tout en écoutant sa poitrine.

Une chaleur collante se rencontra copieusement avec ses doigts.

La plaie était profonde, pénétrant jusqu'aux os que je peux sentir.

Désespérément, il fixa la concavité de la poitrine de Goran murmurant à peine dans sa chemise de paysan.

Entendant une légère respiration rauque, il ramassa son amour et courut vers le manoir.

Darija et Roko sautillèrent derrière leurs pieds, la bouche encore recouverte de morceaux de Stankov.

Il savait que les vampires pouvaient aider Goran.

Ils devaient !

Il avait vu plusieurs fois comment Vladimir avait causé la guérison des êtres malades, bien qu'il en ait également vu avec lesquels ils étaient allés trop loin pour les sauver.

Il ne pouvait pas le supporter si Goran avait été perdu pour lui.

Anđelko réalisa maintenant la profondeur de ses sentiments.

J'espérais juste que ce n'était pas trop tard.

Il ne pourrait pas vivre avec lui-même si Goran mourait, car s'il le faisait, alors lui, Anđelko, mourrait aussi.

Vous devez vivre !

HUITIÈME PARTIE
GORAN

146

CHAPITRE XXXIX

Stjepan prit une dernière inspiration tremblante et la relâcha lentement, s'essuyant les joues du bout des doigts.

Katarina enleva l'écharpe rentrée dans son corsage et essuya doucement sa douleur initiale.

Il lui sourit, satisfait de l'intimité du geste.

Il tendit la main pour caresser ses cheveux pour la première fois, les mèches scintillantes alors qu'elles glissaient entre ses doigts.

Il en attrapa une poignée et les jeta prudemment au vent, puis rapprocha ses lèvres des siennes, fort, puissamment la première fois.

Toute sa passion refoulée se communiquait avec ses lèvres douces et froncées.

C'était toute une satisfaction masculine pour les doux gémissements qui émanaient de sa gorge dans son étreinte.

Son corps commençait à se mouler au sien lorsque Vladimir a commencé à attirer l'attention.

Stjepan leva les yeux pour voir l'amusement dansant dans les yeux de Vladimir.

Il haussa les épaules.

Il ne regrettait pas d'avoir fait ça.

Surtout quand Katarina le regarda à bout de souffle avec une telle adoration.

Il se sentait vivant pour la première fois depuis longtemps.

De son point de vue, elle pouvait voir Helena et Gabrijel sourire au couple alors qu'ils revenaient de la cuisine, apportant la soupe savoureuse à servir bientôt.

Kristina avait son bras enroulé autour de Vladimir, sa tête reposant sur son épaule.

Elle semblait contente.

Elle a été la première à rompre le silence.

"Mes Seigneurs Stjepan et Vladimir, je suis désolé pour votre perte. La perte de Đurđa et la perte des années intermédiaires de chagrin et d'amitié partagés. Elle était vraiment belle, si son portrait est quelque chose pour lui valoriser. Grande innocence et en même temps », des méfaits se montraient sur son visage. Malgré comment tout cela s'est passé, comment peut-il y avoir quelque chose qui ne va pas maintenant ? Et nous avons encore le temps de pleurer la perte et de parler de ce qui s'est passé."

Kristina inclina la tête avec révérence, en signe de respect pour les morts et de deuil.

Vladimir la rapprocha de lui.

"Ma chère, autant que je veux sentir l'air, tout ce que je veux faire pour le moment c'est te serrer fort. Tu m'appartiens. Je t'appartiens. Et te chercher n'a fait que renforcer le fait que tu es à moi pour toute l'éternité. Stjepan, si tu peux le supporter. attendre une nuit de plus, avant d'essayer de donner un sens aux événements d'il y a longtemps, je l'apprécierais vraiment. "

Vladimir était toujours arrogant, mais Stjepan reconnut l'étincelle dans ses yeux.

Et il songea à taquiner un peu son vieil ami, mais y pensa mieux.

Après tout ce qu'il leur a fait subir, pourriez-vous refuser cette demande ?

Non, il ne pouvait pas, d'autant plus qu'un petit paquet se tortillait dans ses bras.

Elle a ordonné son attention.

Son visage rouge et retroussé, ses yeux brillants, sa douce bouche rose de Cupidon attirent son attention.

"Vladimir, ton enthousiasme te montre à quel point tu es espiègle ! Fais que Gabrijel t'emmène dans ta chambre. Et plonge-toi dans les plaisirs; je ne me soucie de rien pour le moment. J'aimerais partager un verre avec Katarina."

Cette fois, quand il agita négligemment sa main, c'était un geste fraternel de pardon.

Vladimir se pencha rapidement dans sa direction et se dirigea avec Kristina vers la porte qui menait au couloir.

CHAPITRE XL

Alors qu'ils marchaient main dans la main à travers la porte, Kristina et Vladimir se sont arrêtés pour apprécier la grandeur de la pièce.

Le plafond était voûté et avait une immense fresque de nymphes à peine vêtues gambadant dans une petite piscine, avec des angelots souriants grattant des balalaïkas.

Au plus haut point, une fine chaîne tombait du plafond dans un grand lustre éclairé par un millier de bougies.

Kristina admirait la base en laiton brillant qui creusait chaque bougie et faisait briller la pièce.

Le lambris était de couleur cendre foncée, éclairé par le papier peint damassé à rayures alternées de blanc crème et de marron.

Un grand blason accroché au mur du fond représentant un chat des montagnes et un corbeau luttant pour la suprématie et avec l'inscription «Honneur parmi les hommes» qui était très appropriée à l'époque.

Une vieille armure, usée et bosselée, était à l'honneur dans la grande salle.

Kristina n'a pas arrêté de dire ooohs et aaahs en descendant les escaliers, s'interrogeant sur les batailles lointaines et l'honneur par-dessus tout.

Gabrijel les attendait patiemment là-bas.

Kristina a glissé sa main sur la balustrade qui correspondait au revêtement.

Il caressa sa finition satinée avec ses doigts alors qu'il passait derrière Gabrijel pour démarrer.

La balustrade avait une prise ferme qui augmentait à mesure qu'elle montait.

Regardant du coin de l'œil, il vit Vladimir prendre une profonde inspiration alors que son regard se posait sur son décolleté.

Elle imagina qu'il pensait à d'autres endroits où sa main pourrait avoir une prise ferme.

Un sourire entendu courbait ses lèvres, alors que Vladimir essayait d'accélérer ses mouvements en plaçant une main encourageante sous son coude.

Mais elle n'allait pas être dupe.

Il avait l'intention de réaffirmer sa demande correctement, avec amour et pendant longtemps.

Juste pour l'ennuyer un peu, elle s'arrêta dans les escaliers pour regarder les portraits de famille qui bordaient le mur recouvert de damas.

Des générations de Markovics la regardaient depuis leurs cadres.

Le tout avec des traits élégants et ascétiques.

Il pouvait voir d'où Stjepan tenait son regard.

Vladimir s'attarda un moment, avant de prendre une Kristina gloussante dans ses bras.

Elle ne pouvait plus se lever! Il pensa sombrement.

Si je ne l'ai pas bientôt ...

Au moment où le couple atteignait le balcon du deuxième étage, la porte d'entrée s'ouvrit en claquant.

Regardant vers le bas, ils virent Anđelko berçant Goran dans ses bras.

Ils étaient tous les deux pâles et Goran avait l'air mort.

Anđelko, les larmes coulant sur ses joues, regarda Vladimir, impuissante, alors qu'elle s'agenouillait avec sa précieuse charge.

La porte a continué à être secouée par les vents tourbillonnants et a répété son grondement contre l'intérieur.

La pluie entra et trempa l'entrée, tandis que les feuilles dansaient macabrement comme si elles se réjouissaient du sort de Goran.

Darija et Roko haletèrent et regardèrent les silhouettes tombées.

Stjepan, Katarina et Helena ont couru hors de la salle à manger.

Avec des yeux terriblement effrayés, Anđelko les regarda tous et dit: "Aidez moi!"

Ses paroles libéraient la transe effrayée que tout le monde avait traversée.

Les deux vampires ont couru aux côtés d'Anđelko.

Gabrijel ferma la porte et Helena courut à la recherche de bandages et de la fabrication d'un cataplasme.

Katarina monta les escaliers jusqu'à Kristina, qui s'était précipitée dans une pièce à la recherche de couvertures.

Attrapant doucement Goran inconscient par les doigts mous d'Anđelko, ils le conduisirent rapidement dans la salle à manger.

D'un mouvement insouciant, Stjepan balaya la table des verres, des assiettes, de l'argenterie, des bols à fleurs et de tout ce qui lui gênait.

Helena fit équipe avec lui, alors qu'elle posait les fournitures médicinales sur la table et courait vers le balai.

Doucement, très doucement, les vampires placèrent Goran sur la table.

Vladimir sonda la blessure et regarda tristement Anđelko.

Les dégâts causés par le coup étaient considérables et il ne savait pas s'il serait en mesure de sauver Goran.

Anđelko regarda dans un état second pendant que Vladimir poursuivait son exploration, à la recherche d'autres blessures cachées.

Un sifflement sourd s'échappa des lèvres de Goran alors que Vladimir passait ses doigts sur ses côtes.

Vladimir a déchiré sa chemise et ils ont tous vu la masse sombre à côté de lui, indiquant au moins une côte cassée.

Anđelko s'est réprimandée en interne pour son insouciance dans la grange.

"Mon ami, mon cher ami. Je ne sais pas si nous pouvons aider Goran, mais pour toi je ferai de mon mieux. Ce n'est pas moins que ce que tu ferais pour moi."

Les yeux de Vladimir étaient hantés par sa récente connaissance des blessures de Goran.

«Je veux que tu ailles avec Katarina au bureau pour boire un verre. Tu n'as pas besoin de voir ça. Et emmène Kristina avec toi, s'il te plaît.

"Vladimir! Mes arts de la guérison peuvent être utiles. Je reste."

Kristina lui lança un regard sombre qui ne permit aucune dispute.

Il déchirait déjà un drap à utiliser comme enveloppe pour les blessures de Goran et un autre pour le cataplasme à venir.

Son efficacité et ses mouvements confiants ont décidé dans l'esprit de Vladimir qu'elle restait vraiment.

CHAPITRE XLI

Katarina a conduit un Anđelko réticent dans la bibliothèque.

Elle le poussa doucement dans l'une des chaises intégrées et lui apporta rapidement une gorgée de cognac.

Poussant le verre à ses lèvres, elle le força à incliner la tête en arrière pour siroter le liquide.

La couleur couvrit lentement ses joues et sa respiration ralentit alors qu'elle buvait.

Une fois qu'il eut terminé, Katarina lui versa un autre verre, mais le plaça à côté de son coude sur la petite table là.

Puis il prit chacune de ses mains une à une et les frotta entre les siennes, combattant les restes du froid pour rétablir sa circulation.

Ses bavardages s'arrêtèrent et ses lèvres n'étaient plus aussi hideusement bleues.

Elle a demandé à son père de faire le feu et de trouver un pantalon et une chemise secs pour Anđelko.

Bientôt, une lueur joyeuse réchauffa la pièce.

"Merci, Mme Katarina, pour votre gentillesse envers un vieil homme comme moi. Je vous suis redevable."

Le discours d'Anđelko était bas et forcé.

«Vous dites des choses insensées. Je n'ai été que gentil. Vous n'avez aucune dette envers moi, monsieur. Un jour, vous serez gentil avec un étranger et ce sera ma récompense. Et cela, à son tour, sera gentil avec un autre.

La voix musicale de Katarina était angélique contre le crépitement du feu.

«Si tu peux, repose tes yeux. Tu n'as plus de force. L'humidité s'infiltrera dans tes os, si tu ne sèchent pas. Si ça ne te dérange pas, je vais sortir pendant quelques instants et fermer les portes, pour que tu puisses changer.

Sans ouvrir les yeux, Anđelko hocha la tête.

J'étais fatigué.

L'horrible découverte de voir Goran si encore résonnait dans sa tête.

Pour un homme aussi fidèle, les blessures de son jeune amour l'avaient défait.

Dans de doux chuchotements, elle se sentit au lieu de regarder Katarina partir, fermant doucement les portes derrière elle.

Immédiatement, il attrapa le verre et avala le contenu d'une gorgée.

Non content de cela, il prit la cruche et versa un autre verre, qu'il posa sur la table.

Il enleva ses vêtements trempés et enfila rapidement ses vêtements empruntés.

Se sentant sale et honteux d'avoir été pris au dépourvu, il jeta ses vêtements couverts de sang dans le feu.

La regardant brûler alors qu'il était assis devant le feu pour se réchauffer, elle réfléchit à la tournure des événements.

Il regardait également le nouveau verre à cognac.

Ses yeux commençaient à être vitreux non seulement à cause du choc, et de ne pas avoir mangé, mais aussi de la boisson.

Il regardait toujours le feu quand Katarina revint.

Il savait qu'elle lui dirait s'il y avait des nouvelles.

Son expression triste parlait à son cœur alors qu'elle portait un plateau couvert de fruits et de fromage qu'elle plaçait à portée d'Anđelko.

Il ne pouvait pas manger.

Je ne pouvais pas parler.

Je ne pouvais pas respirer assez.

Ils s'assirent ensemble dans un silence tendu tandis que le tic-tac de l'horloge et le feu étaient les seuls sons résonnant dans la pièce.

Déterminée, Katarina souleva sa lourde chaise et commença à brosser les cheveux humides d'Anđelko.

Effrayé, il regarda par-dessus son épaule cette jeune femme, si désespérée de lui offrir un soulagement.

Il hocha la tête une fois en signe de gratitude, étant trop étouffé pour le dire verbalement.

Katarina a commencé à fredonner des chansons de ses villages alors qu'elle passait son pinceau et ses doigts dans ses boucles blondes.

Anđelko était si navrée et toujours si coupable qu'elle ne le remarqua pas lorsqu'elle s'appuya contre l'extérieur de sa cuisse.

Katarina ne voyait aucune raison de le corriger alors qu'elle travaillait patiemment la brosse.

C'est ainsi que Stjepan les trouva une heure plus tard.

Ses pas lents et mesurés ont surmonté l'esprit de défaite d'Anđelko.

Il se leva, courut vers le vampire et l'attrapa durement par les épaules.

Stjepan regarda simplement les mains d'Anđelko, et Anđelko les laissa inutilement tomber à ses côtés.

Il avait vu le scintillement d'un avertissement dans les yeux de Stjepan, et il n'avait aucune intention de lui manquer de respect.

Elle attendait anxieusement ce que Stjepan avait à dire, tout comme Katarina, tout aussi inquiète, qui se tenait à ses côtés et plaça une main réconfortante sur le haut de son dos.

Tout décorum s'était enfui entre eux en cette heure épuisante.

Stjepan soupira.

« Anđelko ... »

CHAPITRE XLII

Vladimir et Stjepan sont devenus des tourbillons frénétiques d'activité après le départ d'Anđelko.

Même si Anđelko savait et respectait ce qu'ils étaient, ils n'avaient aucune idée de ce que seraient ses sentiments si elle était témoin de leurs tentatives pour sauver la vie de Goran.

Avec empathie, les deux vampires se sont liés de manière transparente.

"Vladimir, j'offrirai mon sang pour Goran. Tes mains sont occupées ailleurs."

"Stjepan ... a le début d'une infection pulmonaire. Et elle se sent plus mal au cours de la dernière heure. Je ne sais pas jusqu'où elle peut être."

"Mon ami, nous ferons de notre mieux. Pas plus. Pas moins." Stjepan a été très affirmatif dans sa déclaration.

Vladimir était fier d'appeler à nouveau Stjepan un ami à cette époque.

Tous les doutes persistants sur le conflit entre eux ont été dissipés par leur volonté d'aider.

"Merci, mon ami Stjepan. Comme tu m'as manqué!"

Stjepan s'inclina doucement.

Elle n'avait pas réalisé qu'une partie de son chagrin était due à la perte de Vladimir comme partenaire.

Quelque chose qu'il rectifierait maintenant à tout prix, jura-t-il.

Vladimir, lisant ses pensées, hocha seulement la tête; il était plus préoccupé par une perforation du poumon et une infection possible que par une blessure à la tête en ce moment et il mettait ses mains à cet endroit pour voir s'il pouvait ressentir une blessure interne.

Stjepan se mordit le poignet, provoquant la formation immédiate d'une ligne de liquide rouge.

Il le plaça doucement contre la bouche de Goran, levant son autre main, pour abaisser sa mâchoire, de sorte que le liquide potentiellement économiseur s'accumula dans sa bouche.

Une fois sa bouche partiellement pleine, Stjepan la referma, puis commença à caresser doucement ses doigts contre la gorge de Goran pour voir s'il allait avaler le liquide.

Il ne voulait pas forcer la tête de l'homme en arrière, pas avec sa blessure à la tête.

Une fois que la procédure s'est avérée assez fructueuse, il a répété le processus.

Goran ne reprit jamais conscience, mais les muscles de sa gorge travaillaient et forceraient le sang qui guérissait à avaler.

Finalement, Stjepan scella son poignet et fit un pas en arrière.

Kristina avait été très occupée par la blessure à la tête de Goran.

Il avait demandé à Helena de lui apporter un mortier et un pilon et avait enlevé l'enveloppe d'herbes qui pendait à sa ceinture.

Il a mis l'achillée millefeuille dans le mortier et l'a broyée en une poudre très fine, qu'il a ensuite saupoudrée sur sa plaie ouverte.

Il enveloppa doucement sa tête et la laissa telle quelle.

Je devrais le vérifier fréquemment et ajouter plus de millefeuille au besoin, mais je ne voulais pas en faire trop.

En faisant cela, il fit bouillir à Helena la verveine et la racine de consoude dans des pots séparés.

La verveine ferait un thé amer, mais elle était excellente pour prévenir les infections sanguines.

Et la consoude serait transformée en une pâte d'huile de lin qui serait appliquée sur le côté de Goran comme un cataplasme qui devait être changé fréquemment et bien enveloppée.

Autant elle avait foi en Vladimir et en Stjepan et en leurs capacités, autant elle connaissait le pouvoir de ces herbes, les avait vues travailler dans le passé et estimait qu'elles étaient tout aussi importantes dans sa tentative de sauver Goran.

D'ailleurs, qu'est-ce qui les gênerait?

Tout ce qui pouvait être fait pour soulager la souffrance de Goran devait être bon, non?

Elle réfléchissait à tout cela quand Helena sortit soigneusement le thé infusé.

Et il a continué à réfléchir à quel point il était honorable d'aider à tenter de sauver la vie d'un homme.

Ses récentes expériences dans le village s'étaient limitées à sa guérison.

Et puis ce n'étaient que les femmes qui l'avaient approchée, à contrecœur et secrètement.

Ils ne voudraient pas que leurs hommes pensent qu'ils s'associent à une femme peu recommandable.

Aucun des hommes ne l'a regardée ou ne lui a parlé après les rumeurs méprisables de Stankov.

Elle avait été vilipendée pour être honorable à la mémoire d'Andrej.

Comme la vie étrange fermait le cercle.

Stankov a perdu pour toujours à cause de son mal et elle a trouvé le bonheur pour toujours à cause de sa bonté.

Elle secoua la tête pour éclaircir ces pensées, revenant à la scène déchirante devant elle.

«Stjepan, viens prendre ma place sur la tête de Goran. Posez-le doucement sur vos genoux. Oui, vous devez ramper sur la table comme moi! Arrêtez de vous inquiéter!

Kristina connaissait parfaitement ses pensées telles qu'elles apparaissaient sur son visage.

En fait, il attrapa le rire et le sourire surpris sur le visage de Katarina alors qu'elle se dépêchait avec un plateau.

Enfin, avec Stjepan en place, il pourrait commencer à donner à Goran le thé à la verveine.

Lentement et régulièrement, elle porta à plusieurs reprises la cuillère à ses lèvres, versant le liquide et, tout comme elle avait vu Stjepan, lui caressa la gorge.

Vos muscles continuent à travailler de manière convulsive pour ingérer le liquide.

Une fois qu'elle a senti qu'il avait suffisamment bu, elle a mis la tasse de thé de côté.

Pendant qu'elle faisait cela, Vladimir avait pris la racine de consoude pulpeuse et écrasée et l'avait appliquée sur les ecchymoses croissantes du côté de Goran.

Couvrant une épaisse cape sur sa peau, Stjepan et lui travaillaient ensemble pour l'attacher aux côtés de Goran.

Goran grogna bas dans sa gorge à ses efforts, mais il resta inconscient.

Des mouvements agités de ses mains, pour tenter de griffer ses liens, ont amené les vampires à le porter dans une pièce à l'étage après que ses blessures initiales aient été observées.

Ils l'ont placé sur une couette moelleuse et quand il est devenu agité, grattant sans le savoir ses reliures, ils ont utilisé des attaches douces pour garder ses mains baissées.

Helena a reçu l'ordre de rester avec Goran pour le moment et a commencé à appliquer méthodiquement des compresses froides sur son front et son visage.

Les deux vampires sont ensuite revenus en bas.

Helena, en plus de veiller, a également murmuré des prières sur son corps apparemment sans vie, car Stjepan n'appellerait pas un prêtre.

D'un autre côté, un prêtre ne franchirait pas non plus le seuil s'il était invité, la pratique de Stjepan de ses arts sombres et de ses pouvoirs mythiques était redoutée.

Elle a estimé que les derniers rites funéraires devaient être invoqués, même si c'était pour elle, au cas où l'âme de Goran serait condamnée à mort.

Aussi blasphématoire qu'elle se sentait en ce moment, ce serait plus blasphématoire pour elle s'il ne le faisait pas.

Il a même trempé ses doigts dans le bol d'eau pour placer le signe de la croix sur son front brûlant, sur ses lèvres, sur son cœur.

Et elle a caressé sans cesse son chapelet pendant qu'elle effectuait ses soins infirmiers.

CHAPITRE XLIII

S'arrêtant d'abord à la salle à manger, ils virent que Kristina et Gabrijel faisaient du ménage.

La nappe était en ruine, mais Stjepan n'a pas ménagé une seconde pour y réfléchir.

Elle avait surmonté sa colère et travaillait pour réparer sa relation avec Vladimir, et si aider Goran et Anđelko était un moyen pour cela, alors elle ferait tout ce qu'il fallait.

Kristina a continué à emballer ses herbes précieuses, tandis que Stjepan guidait Vladimir vers la table du buffet et la bouteille de vin pour consommer ce qu'elle avait réussi à échapper à la destruction antérieure de Stjepan.

S'appuyant contre l'oreille de Vladimir, il parla doucement.

« Mon ami, je ne sais pas si le garçon peut être sauvé. Même après le sang de ma vie et les herbes de Kristina, il est toujours si pâle. C'est bien qu'il se bat, mais est-ce que ce sera trop pour lui?

"Je ne sais pas, Stjepan. La seule solution possible serait de faire de lui l'un des nôtres. Mais nous n'avons pas son consentement et pour le moment il est trop faible pour le lui donner. Pour devenir l'un de nous, le processus est certainement plus facile avec le consentement convenu. Les risques de ne pas demander votre permission peuvent l'emporter sur le bien que nous pourrions faire. Vous le savez! "

Vladimir a été énergique et catégorique dans son discours.

"Un homme réticent est un homme mortel. Regardez Stankov, son comportement et sa mort. Echangeriez-vous ce charmant jeune homme contre un être aussi instable, risquant la mort? Il ne le ferait pas. Non sans y penser. Peut-être devrions-nous inclure Anđelko dans cette discussion Après tout, ce sont des amants. "

Vladimir soupira profondément en disant cela.

Je ne prendrais pas cette décision sans au moins consulter Anđelko.

"Très bien, Vladimir. Nous allons amener Anđelko dans cette discussion. Comme vous le dites, ce sont des amants."

Stjepan se tourna pour partir quand il sentit une main sur son bras.

Regardant dans les yeux inquiets de Kristina, il soupira comme Vladimir l'avait fait.

«Ma chère Kristina, nous n'avons pas le choix. Si Goran survit la nuit, il se peut qu'il se considère chanceux d'avoir un jour de plus à la surface de la terre. Mais nous ne pouvons rien promettre. L'examen de Vladimir a révélé que ce n'était pas constitutionnellement pour commencer. Fort. J'avais déjà les débuts de pneumonie dans mes poumons avant ces blessures. Nous faisons de notre mieux. C'est tout. "

Kristina sentit des larmes se former dans ses yeux, mais elle refusa de les laisser couler.

Il avait besoin d'être fort pour Anđelko.

Anđelko qui en était venu à signifier beaucoup pour elle.

Si elle ne pouvait pas faire ça maintenant, dans ses moments difficiles, quel genre d'amie serait-elle vraiment?

Puis, ses yeux émeraude devinrent plus brillants avec ces larmes non versées, sa colonne vertébrale se redressa avec sa détermination, et elle relâcha sa prise sur le bras de Stjepan, afin qu'il puisse demander à Anđelko de venir.

Vladimir était impressionné par son comportement fier mais calme et son contrôle impitoyable.

Il lui fit un doux baiser sur le front pour lui faire savoir qu'il était satisfait de sa prévenance.

CHAPITRE XLIV

Anđelko titubait sous le poids combiné du regard de Stjepan, de l'alcool qu'elle avait consommé et de sa propre peur.

Il était curieux de connaître le sort de Goran, mais ne voulait pas en supporter le poids des conséquences.

C'était de ma faute!

Je n'ai pas fait assez attention, je n'ai pas été assez courageuse et je ne l'aimais pas assez!

Anđelko gémit dans son âme.

Il ne pouvait toujours pas parler.

Ses yeux larmoyants essayèrent de se concentrer sur Stjepan.

Il a essayé tellement fort et n'a pas pu.

Enfin, la charge est devenue trop importante.

Il tomba à genoux puis se prosterna par terre dans sa douleur.

Ni Stjepan ni Katarina ne pouvaient atteindre son âme.

Leurs mains glissèrent négligemment alors qu'Anđelko se forçait à s'effondrer au sol.

Lentement, Anđelko sentit que tous ses systèmes internes commençaient à s'arrêter.

Son esprit, son cœur, son âme.

Avec l'incrédulité évidente sur ses traits, Stjepan regarda Anđelko essayer de mourir, croyant que Goran était déjà décédé.

Katarina hurla longtemps et fort, les échos se répercutant à l'infini dans la pièce.

Stjepan a essayé de sortir Anđelko de sa prosternation, sans succès.

Il essaya de mélanger son regard avec celui d'Anđelko, mais celui d'Anđelko était vide.

Son esprit en retraite déjà.

Une obscurité si impénétrable même pour Stjepan alors qu'il scrutait son esprit.

Dans sa frustration, Stjepan a essayé de secouer Anđelko, mais il était une poupée de chiffon, boiteux dans ses bras.

C'est ainsi que Vladimir et Kristina les ont trouvés.

Vladimir a attrapé le catatonique Anđelko et a essayé aussi.

Rien n'est venu à Anđelko dans son puits sombre.

Il s'y sentait en sécurité.

C'était tout.

Il ne se souvenait pas pourquoi il était dans la noirceur tourbillonnante, mais c'était réconfortant.

Presque comme s'il flottait, il y avait de la tranquillité.

Plus il entendait de bruits, plus il se retirait alors qu'il disparaissait de plus en plus.

Il en savait assez pour se cacher.

Les voix et les bruits apportaient de la douleur, et il ne voulait pas en faire partie.

De plus en plus profondément dans les recoins de son esprit, il plongea jusqu'à ce que les bruits ne soient plus.

Puis il y eut une immobilité totale.

NEUVIÈME PARTIE
LUCIJA

CHAPITRE XLV

Entre les deux vampires, ils conduisirent le catatonique Anđelko dans les escaliers jusqu'à la chambre de Goran.

Son raisonnement était que peut-être, Anđelko sentirait la présence vivante de Goran.

Cela valait la peine d'essayer.

Aucune de ses autres actions n'avait réussi.

Les sourcils de Vladimir étaient plissés d'inquiétude et sa pâleur était plus perceptible que d'habitude.

Ils avaient tous le visage sombre et silencieux alors qu'ils regardaient les deux hommes, donc toujours dans leur lit commun.

Sans mouvement.

Montre à peine des signes de respiration.

La tension était épaisse, la peur se reflétait dans les yeux de toutes les personnes présentes.

"Vladimir, il y a autre chose que je pourrais essayer." Dit doucement Kristina. "Si nous pouvions trouver des sangsues pour une sangria, peut-être que cela pourrait aider."

«Ma chère, douce Kristina. Je sais que tu ne sais pas trop ce que signifie être un vampire dans son vrai sens, mais le sang de Stjepan devrait aider Goran. Et Anđelko! Mon Dieu, comment puis-je l'atteindre ? J'ai besoin de penser!"

Vladimir avait commencé à parler doucement, mais sa voix se fit plus forte à la fin de son discours.

"Quel genre de Dieu ferait cela?"

Sur ce, il quitta la pièce sans se retourner.

Kristina était abattue.

Elle tremblait de la façon dont Vladimir venait de lui parler et de son manque de foi.

Il toucha la petite croix dorée qui tournait autour de son cou.

Ses lèvres tremblaient, son corps tremblait avec une sensation réprimée.

Ses émotions débordaient de tout ce qui s'était passé, provoquant des larmes à ses yeux.

Tout le monde était mal à l'aise avec le découragement avec lequel Vladimir avait parlé par inadvertance.

Katarina se dirigea vers sa nouvelle amie pour mettre un bras réconfortant autour de son épaule.

Le visage de Kristina montrait une telle expression de douleur.

Elle haussa les épaules avec négligence et quitta tranquillement la pièce.

Katarina se tourna vers Stjepan à ce moment.

"Stjepan, va lui donner un sens. Maintenant! Ses mots découragés vont causer une détérioration supplémentaire autour de lui, y compris sa relation avec Kristina. Il ne peut pas s'effondrer. C'est nécessaire. Il y a beaucoup à faire."

Sur ce, elle le chassa de son esprit alors qu'elle se dirigeait vers le lit pour aider sa mère à s'occuper des deux invalides.

Et avec la plus douce caresse, elle adoucit le front de Goran qui était encore si chaud au toucher.

Helena avait enlevé les vêtements d'Anđelko avec l'aide de Gabrijel, dans un effort pour qu'il se sente plus à l'aise.

Cela ne bougeait pas du tout.

Il ne clignotait pas.

J'ai juste regardé aveuglément le plafond.

Helena a continué à se signifier et à prier pour eux deux.

CHAPITRE XLVI

Stjepan traversa la maison à la recherche de Vladimir.

Face à la faible musique jouée à distance, il savait où la trouver.

Il se dirigea vers le petit conservatoire de musique, où Vladimir jouait sur le clavecin magnifiquement entretenu.

Stjepan s'arrêta à l'entrée avec un petit sourire aux lèvres, se rappelant que Vladimir avait toujours joué excellemment et lorsqu'il était dérangé, avec une intensité qui rivalisait avec les meilleurs compositeurs.

La mélodie était sombre, hantée et remplissait la pièce de son agitation.

Des notes résonnaient dans l'air alors qu'il manipulait sans relâche l'instrument pour produire des sons semblables à des pleurs.

Après quelques minutes d'observation de son ami en deuil, Stjepan entra dans la pièce.

"Vladimir! Vous devez arrêter ça! Parlez-moi. Aidez-moi à trouver un moyen de ramener Anđelko et Goran."

Stjepan était patient alors qu'il s'approchait de l'homme.

Vladimir ne s'est pas arrêté immédiatement.

Il a créé crescendo sur crescendo de la composition lancinante jusqu'à ce que, avec un frisson, il termine.

Laissant ses mains et son front sur les touches, elle haleta.

"Tiens. Prends le vin que je t'ai apporté. Peut-être que ça va calmer un peu tes nerfs."

Stjepan poussa le verre vers Vladimir, qui le prit et but avidement un moment, avant de le remettre dans la main de Stjepan.

"Stjepan, merci. Mais j'ai besoin d'une tête claire."

Vladimir s'essuya le front et regarda son ami, une faiblesse évidente dans ses traits.

"Pourquoi, Stjepan? Pourquoi est-ce que ça arrive? Si je n'avais pas voulu Kristina comme ça, rien de tout ça ne serait arrivé! C'est sa douleur qui m'a appelé au départ, mais comment pourrais-je laisser quelqu'un comme elle passer?" Elle est mon cœur! Elle est mon âme! Et si je ne l'avais pas sauvée, qui sait quel sort lui serait arrivé aux mains de Stankov? Mais à quel prix? Anđelko est perdu pour moi en ce moment. La blessure de Goran, est-il proche de la mort? Et je suis complètement impuissant! "

Vladimir laissa tomber son front dans ses mains et se mit à gémir.

"Mon ami, je ne suis pas la bonne personne pour poser des questions sur ta douleur. Mais je suis là pour toi et aussi pour Kristina, tout comme les autres."

Stjepan serra Vladimir dans ses bras alors qu'il se glissait sur le banc à côté de lui.

«Vladimir, s'il vous plaît, essayez de vous remettre. Nous devons comprendre cela ensemble. Vous devez aider! Ou tout pourrait être perdu! Allez, rencontrons Kristina pour vous. Elle a été très blessée par vos relations avec elle.

«Je ne voulais pas la blesser, Stjepan. Je me perdrais sans elle. Dit Vladimir d'une voix basse et peinée.

L'amour qu'il ressentait pour elle était évident dans ses paroles.

«Alors allons-y avec elle.

Stjepan se leva résolument et attendit que Vladimir fasse de même.

CHAPITRE XLVII

Ils quittèrent le conservatoire de musique et retournèrent dans la pièce, pensant que Kristina y serait.

Mais elle ne l'était pas.

Après avoir brièvement parlé avec Katarina et Helena concernées, ils ont appris qu'elle n'était pas revenue.

Ainsi, ils ont utilisé leurs sens pour rechercher sa présence dans la maison.

Aucune d'elle n'est restée en l'air.

Inquiets, ils ont fouillé le terrain, toujours rien.

La brise fraîche et humide et la pluie persistante avaient dispersé les odeurs.

Au moins, il n'y avait plus de tonnerre ni de tempête.

Vladimir a appelé Darija et Roko, mais les chiens ne se sont pas présentés.

Vladimir devenait de plus en plus alarmé, son rythme effréné ne faisant rien pour apaiser sa tension.

Ils s'étalent de plus en plus, cherchant.

Stjepan vérifiait l'arrière du manoir près du bord des falaises et Vladimir était allé à la grange pour voir si Kristina était là.

Son cri de surprise parvint à Stjepan, qui vint aussitôt à ses côtés.

Ne voyant qu'un seul cheval, Vladimir savait qu'il était parti.

Son incrédulité était gravée sur son visage et sa colère menaçait de déborder.

"Comment osez-vous y aller? Quand je mettrai la main sur cette impertinente ..."

"Tranquille mon ami". Stjepan le calma alors qu'ils regardaient autour d'eux.

En silence, elle se délecta de pouvoir à nouveau parler à Vladimir, même avec ses problèmes non résolus et ses préoccupations actuelles.

"Facile. Les chiens doivent être avec elle. Maintenant, où irait-elle au milieu de la nuit?"

Il s'est arrêté pour réfléchir à la situation sous tous les angles.

"Ah. Je l'ai. Il est là pour vous prouver le contraire, Vladimir. Il est allé chercher des sangsues!" Stjepan avait l'air un peu arrogant quand il a dit cela.

Cela lui semblait parfaitement logique.

Le couple était récemment amoureux et cherchait toujours un équilibre dans la relation.

Dans leurs efforts, ils allaient avoir quelques revers face à ces sentiments.

Il hocha sagement la tête car il savait que la même chose se produirait pour lui et Katarina assez tôt.

Il gloussa, se rappelant comment elle l'avait renvoyé plus tôt pour lui faire une offre.

Oh, il attendait les défis qu'elle allait lui présenter maintenant.

Mais il est immédiatement devenu sérieux face au regard difficile que Vladimir avait maintenant.

«Stjepan, Kristina n'est pas protégée, peu importe à quel point elle fait confiance à Darija et Roko. Tout peut lui arriver! Je dois la trouver! Oh, cette femme! Elle apprendra le vrai sens de mes mots sur ce que signifie m'appartenir. Je te le promets. ! "

Vladimir était magnifique dans sa colère.

Ses sourcils s'élevèrent, ses traits se fixèrent sur un regard énergique, ses lèvres fines et ses yeux passionnés.

Il a pris son envol sans hésitation, avec l'intention de parcourir le terrain à la recherche de son amour.

Il trouva Stjepan à ses côtés.

CHAPITRE XLVIII

C'est un homme impossible! Kristina pensa en s'éloignant rapidement, les chiens à côté de son cheval.

Ils ne resteraient pas et elle ne pouvait pas discuter avec eux, même si elle avait en fait accueilli leur compagnie par cette nuit nuageuse.

Il retournait à la clairière avec le petit étang qui avait été le lieu de sa capture, car il savait qu'il y trouverait des sangsues.

Seulement elle savait!

Et puis elle montrait à Vladimir ce qu'ils pouvaient faire!

Avec une indignation débridée dans tout son corps, il poussa le cheval à avancer.

La boue montait derrière eux à la vitesse qu'il avait fixée, consommant rapidement les kilomètres de distance.

CHAPITRE XLIX

Anđelko se déplaça lentement dans ses ténèbres, la surveillant, la savourant.

Il aspirait à la solitude, à la chaleur dans laquelle il était enveloppé.

L'absence de lumière ne lui faisait pas peur, elle l'accueillait.

Il la baigna dans son étreinte.

Il l'a protégée.

Qu'est-ce que c'était?

Anđelko sentit quelque chose, quelque chose d'indéfinissable envahir son cocon.

Il se retourna en regardant dans les ténèbres, mais ne put trouver ce qu'il cherchait.

Pourtant, il était nerveux.

Quel genre de situation vivait-il?

Il a continué à tourner dans une frénésie.

Lentement, il entendit de faibles pas se diriger vers lui, mais il ne put dire la direction d'où ils venaient.

Tout cela commençait à le rendre de plus en plus fou.

Là!

Une lueur vacillante!

Il devenait de plus en plus stable à mesure qu'il se rapprochait, jusqu'à ce qu'il puisse enfin distinguer un vague contour.

Le contour se solidifie au fur et à mesure que la chose s'y rapproche.

Avec sa forme encore indéterminée, Anđelko découvrit qu'elle n'avait nulle part où aller, nulle part où se cacher dans ses ténèbres.

Ce qui lui avait semblé autrefois une grande entité s'était rétréci en un long tunnel et son dos était contre le mur.

Il ne pouvait pas bouger, il était paralysé par l'apparition imminente.

Ses yeux étaient ouverts!

Son rythme cardiaque s'accéléra.

Oh mon Dieu!

Il pensait.

Lucija!

Qu'est ce qu'elle fait ici?

Il ne s'accroupit plus le long du mur, mais se rapprocha d'elle.

Secoué jusqu'aux os, il la regarda s'approcher.

Elle avait l'air à quoi elle ressemblait dans la vie, avant la fièvre.

Comment cela a-t-il été possible?

Il s'était desséché sous ses yeux.

Sa robustesse et son amour de la vie avaient été réduits dans son corps en ces jours terribles avant sa mort.

Elle est morte de douleur et de vieille femme ridée.

Anđelko buvait sa beauté éthérée maintenant.

Il bougea pour la toucher et sa main flotta sur son bras.

Il fit un pas en arrière avec angoisse.

«Mon cher Anđelko. N'aie pas peur. L'esprit lui a parlé.

Cela ressemblait à sa Lucija.

Anđelko secoua la tête en hallucination.

Intrigué, il s'avança à nouveau et la même chose se produisit.

Il ne recula pas autant qu'il l'aurait voulu cette fois et se frotta les yeux deux fois, mais elle n'arrêtait pas d'apparaître devant lui, alors il attendit.

Sa voix rassurante si richement entrelacée d'amour lui fit une nouvelle réaction.

"Je suis ici parce que tu m'as appelé." Sa voix rauque qui lui avait tant manqué lui revint. "Tu m'as appelé, Anđelko. Mais j'ai toujours été avec toi. Je connais ton cœur, mon amour. Tu n'avais qu'à le dire. J'aurais comparu à tout moment. Mais avant maintenant, tu n'avais pas besoin de moi, alors j'ai gardé un œil sur toi jusqu'au moment venu que vous le feriez."

Il parlait si tendrement et avec adoration qu'Anđelko sentit des larmes couler sur son visage.

"Lucija, comme tu m'as manqué! Je ne sais pas pourquoi tu es ici, mais je suis content que tu l'es. Je t'ai aimé jusqu'à ce jour. Je sais que j'étais censé t'avoir appelé il y a longtemps, mais le cours de ma vie a changé après votre décès et j'ai dû prendre une décision. Je savais que vous comprendriez ou j'espérais que vous le feriez. "

La voix d'Anđelko se brisa et, sans voix, elle sanglota à la vue de son amour perdu.

Il la sentit toucher, un léger plumage de ses doigts sur son bras.

Puis elle s'est lentement matérialisée, passant d'une lumière insignifiante à une femme substantielle et a tenu ses bras ouverts pour Anđelko en larmes.

Il la serra désespérément dans ses bras.

Il avait rêvé de sa Lucija toute sa vie, la tenant une fois de plus dans ses bras, le sentant la serrer dans ses bras.

Et maintenant, c'était arrivé.

Accablé par tout cela, il tomba lentement à genoux, son visage enfoui dans son ventre alors qu'elle lui caressait les cheveux.

"Moj odvažni neustrašivi borac". Lucija parla doucement, l'appelant son brave et bien-aimé guerrier. «Votre chemin était prédéterminé avant que nous nous rencontrions. Vous avez vécu comme vous auriez dû. Vous avez choisi de vous sacrifier pour que les autres puissent vivre librement. Et à la fin, ce n'était pas un sacrifice, n'est-ce pas? Vous aimez Vladimir et il vous aime aussi. Vous l'avez sauvé de lui-même. lui-même, plusieurs fois. Ne le réalisez-vous pas? Vladimir se serait détruit il y a longtemps par ses actions, si ce n'était de votre attention et de votre amour. "

Elle continua de lui caresser les cheveux et ses sanglots s'étaient calmés, entendant ses paroles délicates.

"Mon amour, mais comment? Qu'est-ce que j'ai fait pour ça? Je suis juste un homme, personne de spécial."

«Oui, mon Anđelko, tu es un homme. Ni plus, ni moins. Tu n'avais aucun moyen de savoir que Stankov allait attaquer comme lui. Ton Goran a besoin de toi. Il a besoin de ta force et de ton amour pour le vaincre. Tu dois revenir à toi-même!"

"Comment peux-tu dire ça, Lucija? Je viens de te retrouver! C'est angoissant ... la douleur! Comment puis-je revenir en arrière?"

Anđelko a parlé d'elle avec son visage.

Sa voix étouffée par les vêtements et les émotions étouffées.

"Ah, mon amour. Comment peux-tu pas? Je ne suis pas vraiment là. Je suis seulement ici parce que tu m'as cherché. Je suis mort. Tu vis! Et tu continues à vivre parce que ce n'est pas ton temps. Et tu aimes Goran. Il compte beaucoup pour Je ne suis pas triste. Je suis très heureux que tu aies trouvé quelqu'un à aimer à nouveau. Il t'aime. Il a besoin de toi. Et tu as besoin de lui. Va, mon amour. Va et suis ton cœur et sache que toujours être avec vous".

Lucija caressa une fois de plus ses mains douces sur les cheveux d'Anđelko.

Elle utilisa sa main pour lever son visage afin qu'il puisse voir l'expression de satisfaction et d'amour qui brillait dans ses yeux.

Lentement, Anđelko se leva.

"Je ne comprends pas tout ce que vous avez dit, ma chère Lucija. Mais peut-être que je n'en ai pas besoin. Cela me réconforte de savoir que vous allez bien. Je demanderais l'opportunité de vous embrasser une fois de plus. Si je ne peux pas rester, me l'accorderiez-vous? Juste ça. ? " A plaidé Anđelko.

"Bien sûr mon amour. Et j'aimerais te sentir à nouveau en moi aussi."

Lucija entra dans l'étreinte d'Anđelko.

Il posa provisoirement ses lèvres sur les siennes, les trouvant chaudes et attendant.

Plus sûr de lui par son amour et sa familiarité, il se rapprocha encore, la rapprochant de son cœur.

Ses lèvres si mobiles sous les siennes, si tendres, comme elles l'avaient jamais été.

Il était submergé par son étreinte, le souvenir d'elle et sa douceur.

Et trop douce quand elle passa ses doigts dans ses cheveux et enfonça sa langue dans sa bouche.

Le baiser était long et passionné et plein d'amour.

À bout de souffle, Anđelko s'éloigna le premier.

Il regarda profondément dans les yeux de son premier amour, les siens d'un brun doré chaud de couleur miel, éclairés par l'amour.

Il plongea à nouveau pour attraper complètement sa bouche.

Son goût rappelé déclenchait encore plus son désir.

Ensemble, ils s'enfonçaient au sol, une brume chaude et douce tourbillonnant autour de leur corps, alors qu'ils avançaient de plus en plus profondément dans les profondeurs de leur passion.

Lentement, ils ont aidé l'autre à se déshabiller.

Anđelko a trouvé tous les creux lisses et les pentes courbes de Lucija dont elle se souvenait si bien.

Elle retrouva à son tour les plans durs et les muscles fermes de son amour.

Leur union était lente et sensuelle et ils s'aimaient bien.

Pour Anđelko, sentir Lucija resserrer ses muscles internes autour de son pénis était si merveilleux que cela semblait complet d'une manière qu'elle n'avait pas ressentie depuis longtemps.

Cela n'enlève rien à ce qu'il ressentait avec Goran: c'était juste une dimension différente, une fusion différente et un amour différent.

Et involontairement, il a commencé à ressentir la douleur qui l'avait initialement attiré dans le noir.

Alors qu'il atteignait sa plénitude, il sentit les bords de l'obscurité s'éclaircir.

Essayer de rester avec Lucija s'est avéré futile.

Plus les ténèbres s'éclaircissaient.

Effrayé par l'avènement de la douleur et la dissolution de sa bien-aimée Lucija, il a hurlé de protestation.

"Mon amour, souviens-toi que je suis toujours avec toi. Ne te sens pas impuissant. Ils ont besoin de toi ailleurs. Ton Goran a besoin de toi. Au revoir pour l'instant mon amour."

La voix de Lucija, gentille et compréhensive, disparut de son esprit et la lumière grandit.

Il se sentit monter à travers les brumes vers cette lumière brillante.

Il fit une dernière tentative pour l'attraper une fois de plus, mais il ne le fit pas.

Voyageant sans réfléchir, émerveillé par son expérience et son amour continu pour elle, il flotta dans la lumière.

CHAPITRE L

Katarina et Helena ont travaillé frénétiquement en voyant les mouvements d'Anđelko.

Ils lui ont brossé les mains et l'ont appelé.

Ravis de ses premières réponses et de sa respiration plus facile, ils retiennent leur souffle pour ne pas créer de faux espoirs.

Ils avaient été effrayés par les mouvements qu'il faisait et les murmures de mots qui avaient commencé quelques minutes auparavant et qui les avaient sortis de leurs inquiétudes silencieuses.

Des mots d'amour et des mots de désespoir, incohérents pour la plupart.

Katarina et Helena réussirent à le déplacer plus haut sur les oreillers, caressant doucement ses joues.

Anđelko est devenu encore plus agité.

Clignotant rapidement, sa respiration toujours tendue, Anđelko lutta pour garder les yeux ouverts avec la lumière pénétrante qui lui faisait mal à la tête.

Il regarda autour de lui avec confusion et appela Lucija.

Katarina et Helena se regardèrent, intriguées par le nom.

Ce n'était pas celui qu'ils connaissaient.

Reprenant le contrôle de lui-même, et voyant la chambre et Goran au lit à côté de lui, se calma encore plus.

Sentant la vague de sympathie des deux femmes, il se demanda ce qu'il devrait dire.

Il décida qu'il devait d'abord réfléchir et comprendre par lui-même.

Le croiraient-ils de toute façon?

Étaient-ils en colère?

Avait-il vraiment juste parlé à sa bien-aimée Lucija?

Oui, il garderait ses pensées pour lui.

Il grimaça, roulant à ses côtés pour observer les respirations de son doux Goran.

Cela lui faisait chaud au cœur, même s'il était fou, fou de penser que Lucija l'approuverait.

Au moins son spectre a dit oui.

Il se demandait souvent s'il l'avait mise en colère même quand il n'était plus attaché à elle.

Maintenant, il savait que non seulement elle comprenait, mais qu'elle l'aimait davantage pour ses choix.

Cela a soulagé son cœur et son esprit.

Il n'avait pas réalisé à quel point cela pesait sur sa conscience, mais maintenant il était en paix avec cela.

Soupirant, il sentit Katarina essayer de lui donner de l'eau à boire.

Il prit une gorgée lente, ressentant une douleur dans sa tête à cause de l'expérience et de la boisson forte précédente.

Alors elle lui a donné du bouillon.

Il prit toute la nourriture qu'elle lui offrait, restant silencieux, vigilant.

CHAPITRE LI

Kristina a arrêté le cheval.

Il descendit prudemment et laissa le cheval errer dans la petite clairière.

Les chiens restèrent avec le cheval, leurs flancs palpitant à nouveau d'effort, la langue pendante.

Elle marcha vers les rives du petit étang et entra dans l'eau, guidée par le faible clair de lune qui se reflétait maintenant.

Insouciante de ses vêtements, elle a trouvé les sangsues qu'elle cherchait.

Les ramassant avec précaution, elle les plaça dans le petit chaudron qu'elle avait apporté avec elle à cet effet.

Prenant une gorgée d'eau dans le sac une fois sa mission accomplie, elle s'assura que les animaux prenaient un bain pour se détendre, puis se mit à reprendre le cheval pour le voyage de retour.

CHAPITRE LII

Plus les vampires volaient loin, plus Vladimir était en colère.

Mais maintenant, la colère s'est retournée contre lui-même.

Comment aurait-il pu être si inconsidéré, insouciant dans son discours et son affection pour elle?

Il avait déjà fait une promesse, quand il l'avait de nouveau à ses côtés, qu'il la chérirait.

À quelle vitesse il l'avait cassé.

Bête! Il murmura.

Il réparerait les dégâts et ferait mieux la prochaine fois.

J'espérais juste qu'il y aurait une prochaine fois.

Parce que sa Kristina était chaude mais elle était aussi très innocente; il avait rarement voyagé en dehors de son village avant de la trouver.

Il espérait qu'elle n'était pas perdue, que son cheval n'avait pas perdu de chaussure ou qu'il n'avait pas rencontré des voyous ou des bandits dans l'intention de la blesser.

Il bougeait de plus en plus vite, ce qui faisait que Stjepan avait du mal à le suivre.

En regardant l'horizon, il fut horrifié de découvrir que l'aube approchait.

Alors que le ciel était encore complètement noir, les tons bleus sourds changeaient rapidement à chaque minute qui passait.

Il devait la retrouver en un rien de temps.

Il le fallait, il ne pouvait pas chercher plus d'une heure.

Comment aurait-il pu être si stupide?

Ses yeux cherchaient frénétiquement de petites formes sur le sol, de la vermine et des rongeurs sur le bord de la route.

Il aiguisé ses yeux à la recherche de nouveaux indices, mais il savait que c'était inutile, non seulement la route était bien parcourue, mais la tempête avait effacé son voyage précédent.

Vladimir savait qu'il devait faire attention à ne pas tomber du ciel à cause de ses distractions.

Stjepan l'a appelé.

Un cavalier solitaire avec des ombres trottant à ses côtés s'approchait rapidement.

Vladimir savait instinctivement que c'était Kristina.

Lui et Stjepan descendirent rapidement pour attendre l'approche.

Kristina fut surprise par son apparition soudaine dans le ciel et arrêta brusquement le cheval.

Mal calculé à l'arrêt soudain, il faillit tomber sur elle, mais d'une manière ou d'une autre elle réussit à garder son siège.

Raide et fière, le corps droit, elle regarda avec méfiance les vampires traverser la distance jusqu'à l'endroit où elle était assise.

Stjepan tendit la main pour attraper la bride, arrêtant toute tentative de se précipiter comme si c'était son intention.

Elle les regarda en pensant à quel point ils la connaissaient peu.

Vladimir atteignit l'autre côté et la prit dans ses bras.

Elle sentait que son étreinte était aimante, mais elle ne riait pas comme elle l'avait fait avant quand elle avait ressenti quelque chose comme ça.

Même dans ses bras, elle est restée rigide.

Vladimir sourit à son défi continu.

"Ma Kristina, tout va bien. Je n'étais pas en colère contre toi, tes paroles ou tes actions. Je me sentais impuissante et cela ne m'arrive pas d'habitude! Je suis un homme d'action et l'inactivité ne me convient pas. Amour, je suis désolé."

Vladimir se tut après son discours dans l'espoir qu'elle lui répondrait sans se mettre en colère.

Il a eu son souhait.

Kristina soupira.

"Ma chère, je voulais juste aider. Les sangsues, les sangsues vont aider. Ils doivent! Je ne sais pas autrement."

Elle parla si doucement et se détendit dans son étreinte.

Il la tint jusqu'à ce qu'elle crie:

"Sangsues! Soyez prudent!"

Ses mains berçaient le chaudron pour l'empêcher de se renverser.

Ils ne pouvaient pas perdre de temps à retourner à la clairière.

Kristina avait également remarqué l'éclairage dans le ciel.

Vladimir et Stjepan ont rapidement décidé que Stjepan reviendrait à cheval et que Vladimir voyagerait avec Kristina à travers les cieux.

Il essaya de la préparer du mieux qu'il put à la perte de gravité avant de se lancer dans les airs.

Elle haleta à l'apesanteur et ferma les yeux.

La vitesse vertigineuse pourrait le déséquilibrer et le précieux chaudron.

Bientôt, ils atteignirent la porte de Stjepan.

Jetant un coup d'œil rapide pour voir Stjepan encore à un kilomètre, ils coururent à l'intérieur.

Les doigts de l'aube sont apparus, dans de belles nuances de rose et d'orange, mais ils étaient très mortels.

Vladimir est allé là où il savait que Stjepan gardait les cercueils.

Kristina aux escaliers.

Il voulait l'accompagner, mais il savait qu'il ne pouvait pas.

Péniblement, il se détourna d'elle, autant que son cœur et son corps voulaient rester à ses côtés.

Il savait qu'une fois qu'il se serait levé, il serait avec elle et cette pensée le faisait avancer.

Kristina a couru à l'étage, ignorant les portraits cette fois et la balustrade détaillée dans sa précipitation pour se rendre à Goran et Anđelko.

Il s'arrêta net à la porte quand il vit qu'Anđelko n'était plus inconscient.

Joy a éclairé son cœur à cette vue.

Alors qu'elle reprenait son souffle et tentait d'oublier le point sur le côté, elle tendit le chaudron à Katarina.

Elle le posa sur la petite table à côté du lit de Goran pendant qu'Helena apportait de l'eau à Kristina.

Lorsqu'elle fut suffisamment remplie, elle se dirigea vers le chaudron et souleva le tissu avec lequel elle avait hermétiquement scellé les sangsues.

En attrapant un, elle laissa échapper un miaulement surpris alors qu'il attrapait son doigt.

Réalisant qu'il avait besoin de travailler avec soin et commodité, il ignora la goutte de sang qui se forma lors du réajustement de la sangsue et la plaça rapidement près de la blessure à la tête de Goran.

Elle se déplaça d'un côté à l'autre de cette manière, ignorant comment son sang se mêlait à la blessure partiellement ouverte de la récente coupure de Goran sur la tête de Goran.

Personne n'a remarqué cela.

Quand elle a fini, elle était épuisée.

Il se laissa tomber dans le fauteuil et communiqua avec les femmes au sujet de sa rencontre avec Vladimir et Stjepan.

Il a assuré à Katarina que Stjepan était déjà en vue lorsqu'ils sont entrés dans la maison.

Katarina soupira de soulagement.

Il savait à quel point il aurait été désolé si quelque chose était arrivé à Stjepan.

Gabrijel entra dans la pièce et insista pour que toutes les femmes se reposent.

Il veillerait sur Goran et Anđelko, qui regardaient silencieusement et tenaient la main de Goran.

Des mains qui n'étaient plus liées, car ce n'était plus nécessaire.

Kristina a rassemblé ses forces une dernière fois pour éliminer les sangsues graisseuses et remplies de sang.

Une fois qu'elle eut terminé, elle jeta un coup d'œil à son travail, et satisfaite de la respiration régulière de Goran et d'un léger refroidissement de son front, elle s'effondra une fois de plus sur sa chaise.

Elle ne partirait pas, malgré les protestations de Gabrijel, préférant s'y endormir.

Réalisant que son agitation ne la déplacerait pas, il la laissa se reposer.

Et en se reposant, son doigt a un peu gonflé et a commencé à virer au violet.

Pourtant, cela aussi est passé inaperçu.

DIXIÈME PARTIE
GABRIJEL

CHAPITRE LIII

Stjepan descendit de son cheval et courut vers le manoir, les premiers rayons du soleil frappant ses talons.

Il claqua la porte alors que de petites étincelles de lumière avaient commencé à frapper ses chaussures là où ses pieds étaient maintenant brièvement boursouflés par le contact.

Il poussa un soupir de soulagement alors qu'il descendait les escaliers jusqu'à l'endroit où reposaient les cercueils, sachant que ses pieds se guériraient d'eux-mêmes pendant qu'il dormait.

Voyant que Vladimir en occupait déjà un, il se glissa dans un autre, remettant mentalement le couvercle en place.

Il se coucha et ferma les yeux.

Sa dernière pensée avant de s'endormir, une d'espoir, que tout s'arrangerait.

« Stjepan? Il entendit le chuchotement de Vladimir dans son esprit.

Il soupira, sachant ce qu'il y avait dans ses pensées.

« Très bien, Vladimir. Je vais vous dire ce que je sais de la mort de Đurđa.

"Merci Stjepan. Parfois mes rêves me hantent et je saurais s'il se repose calmement."

Marmonnant des imprécations pour avoir perdu son repos, pour ne pas avoir serré Katarina dans ses bras et pour avoir survolé le terrain lors de missions folles parce que Vladimir ne pouvait pas contrôler sa femme, Stjepan a commencé son histoire.

CHAPITRE LIV

Il y a 90 ans ...

«Je me nourrissais d'un paysan local quand j'ai remarqué que quelque chose n'allait pas. Mes oreilles se piquaient aux dangers perçus qui tourbillonnaient. J'ai essayé de l'ignorer, mais cela a interrompu ma concentration assez longtemps pour que je doive sceller la blessure du jeune homme avec celui qui m'avait croisé et m'avait lancé dans les cieux pour tenter de localiser la source des gémissements de colère. Ce n'était pas de la douleur, mais de l'indignation féminine. Comme vous le savez, je perfectionnais encore mes capacités d'écoute, en distinguant ceux qui avaient besoin de mes services. et qui se comportent comme des humains se comportent habituellement. "

Leurs cris étaient impies. Ils imprégnaient l'air, la sentant avec leur terreur. C'est alors que j'ai réalisé qu'ils étaient encore à plusieurs kilomètres l'un de l'autre. Un sentiment de terreur que je n'avais jamais connu m'envahit! Đurđa était à Duće à vos côtés dans votre village balnéaire, étant sorti avec vous la semaine précédente. J'ai paniqué, je peux admettre que maintenant et j'ai perdu la concentration et je suis tombé au sol en me tordant le coude. Cela ne m'a pas découragé et j'ai tiré vers votre village. "

"Ce que j'ai affronté là-bas ..."

Stjepan frissonna lors de sa pause.

Les souvenirs de cette nuit fatidique se déroulaient dans son esprit.

Des souvenirs qu'il avait supprimés de peur de le rendre fou.

Des souvenirs qui avaient alimenté sa haine de Vladimir.

Des souvenirs chargés de sa propre culpabilité de ne pas avoir pu sauver Đurđa.

Souvenirs de ses échecs en tant que frère, ami et homme.

Les larmes formaient des gouttes pures et cristallines qui tombaient sur ses joues.

Ses sanglots silencieux faisaient gronder son abri d'angoisse.

Vladimir, silencieux et toujours dans ses propres pensées, partagea l'empathie de chagrin avec son esprit et toucha l'âme blessée de Stjepan.

Il n'a pas cherché à sonder alors que Stjepan était embourbé dans l'angoisse, mais à guérir les petites fissures dans son cerveau que cette nuit noire avait créées et qui avaient changé Stjepan en tant qu'homme.

Il pouvait voir les dégâts causés, les neurones tordus, les synapses brisées qui répondaient au décès de Đurđa.

Envoyant un avertissement au diable, il se leva de sa propre tombe pour aller chez Stjepan.

Il poussa le couvercle de côté et monta avec le vampire sanglotant.

Refermant le couvercle, elle enroula ses bras autour de Stjepan, lui envoyant une lumière de guérison.

Son énergie est entrée par le bras gauche de Stjepan et a voyagé vers le nord, passant les os, les tendons, les tissus et les muscles.

Il a tracé les chemins de son sang, tournant autour de sa colonne vertébrale, passant devant son cervelet jusqu'au cortex cingulaire antérieur pour inspecter les dommages.

La chaleur a envahi l'être de Stjepan, qui a été réparé et concentré pendant que Vladimir sondait.

La lumière était vert pâle avec une teinte de lavande, ses petits bourgeons commençant par le début d'une fissure interrompue et se déplaçant vers la masse enchevêtrée ci-dessous.

Lentement, la surface s'est lissée et les synapses mortes ont pris vie.

Les brèves impulsions électromagnétiques que Vladimir utilisait une vie renouvelée dans les parties sous-alimentées du cerveau de Stjepan.

Pendant longtemps, ils se sont reposés ensemble pendant que Vladimir dirigeait la lumière pour réparer les dégâts.

Stjepan était inactif car il ressentait les effets résiduels de la douleur qui s'estompait.

Ce n'était pas une tentative d'effacer les souvenirs, mais de guérir les terminaisons nerveuses déchiquetées qui avaient été effilochées.

Les impulsions vertes représentaient la croissance, une régénération de la stimulation tissulaire.

La lavande devait aider Stjepan dans sa guérison spirituelle.

Vladimir savait qu'il aurait dû d'abord demander l'autorisation de Stjepan, mais il ne pouvait plus supporter la douleur de sa souffrance et prit les choses en main.

Une fois qu'il sentit qu'il avait fait tout ce qu'il pouvait, il retira lentement la lumière, attentif à l'état émotionnel de Stjepan.

Stjepan était épuisé de l'expérience et de ses récentes révélations, et de se sentir privé de lumière.

Sachant qu'ils étaient tous les deux au-delà de la résistance, ils s'arrêtèrent dans les souvenirs pour pouvoir se reposer.

Stjepan plongea dans l'agitation du sommeil avec Vladimir toujours avec ses bras enroulés confortablement autour de lui.

CHAPITRE LV

Anđelko a continué à garder les yeux sur Goran.

En la regardant respirer, le moindre mouvement fit froncer le front d'Anđelko.

Il était chronométré par les inhalations de Goran, peu profondes, travaillées.

Sa poitrine tremblait avec la pneumonie et la toux qu'il souffrait périodiquement.

Anđelko se sentait aussi impuissante maintenant que lorsqu'elle a vu Lucija dans sa maladie.

Il se leva sur son bras pour déposer un doux baiser sur les lèvres de Goran et lui murmurer son amour à l'oreille.

Que pouvait-il faire d'autre ?

Mais veillez, priez et partagez leur proximité.

Gabrijel se déplaça gracieusement dans la pièce, malgré son volume.

Il ajusta le couvre-lit sur Kristina et sourit légèrement quand elle gémit dans son sommeil.

Pensant que c'était juste son épuisement de tout le passé, il ne remarqua pas la légère trace de transpiration sur son front et sa lèvre supérieure, la pâleur cendrée de ses joues, assourdie par les rideaux tirés.

Il s'est déplacé vers le lit à baldaquin pour s'occuper de ses deux malades.

Hochant la tête à Anđelko, il baigna le visage, le cou et la poitrine de Goran avec de l'eau froide.

Il ajusta le bandage sur sa tête et enleva les bandages sales autour de sa taille, avant d'en appliquer de nouveaux.

«Dormez profondément, bien que profondément, Anđelko. La solution de Kristina semble avoir un certain effet. Il est trop tôt pour dire si le sang de Lord Stjepan mélangé au sien a eu l'effet désiré. Mais dormez.

Gabrijel sourit de manière rassurante à Anđelko.

"Gabrijel, que Dieu soit avec vous pour tout ce que vous faites. Je ne sais pas comment je me serais comporté sans aucun de vous."

Anđelko parla doucement, sa voix rauque à cause de ses sorts de pleurs.

Il baissa la tête comme pour prier une fois de plus.

Il a constaté que cela lui apportait un sentiment de paix de partager ses fardeaux avec son Dieu.

"Vous voulez un peu plus de bouillon? Mon Helena prépare les soupes et les bouillons les plus délicieux à des kilomètres à la ronde."

Gabrijel aimait se vanter des talents de sa femme - enfin, ceux qu'il était prêt à partager avec le monde.

Il songea à garder pour lui sa langue talentueuse.

Il avait une expression de désir sur son visage quand il réalisa qu'Anđelko le regardait étrangement.

Il a dû ajuster son pantalon à cause de sa réaction évidente à la langue aimante d'Helena.

Anđelko laissa échapper un petit rire, lisant facilement les pensées de l'homme alors qu'elle rougissait.

Cela a aidé à soulager son tourment intérieur pendant un moment. Soudain, il s'est mis à rire et il ne pouvait plus s'arrêter!

Les images qui dansaient dans sa tête de ces deux personnes décontractées appréciant les plaisirs sensuels étaient trop belles pour être laissées de côté.

Il se plia presque de rire et s'excusa auprès de Gabrijel pour sa réponse.

Anđelko vint à ses côtés.

"Mon ami, si tu savais à quoi ressemblent les talents d'Helena, tu ne rirais pas!" Gabrijel a vraiment partagé sa joie.

Surtout maintenant une partie de la tension a quitté la pièce depuis son arrivée.

Gabrijel savait ce qu'il avait et ne voulait pas la laisser partir.

Il se lécha même les lèvres lascivement, au grand plaisir d'Anđelko.

Oh, ça fait du bien de rire!

Même dans ces circonstances, ça fait du bien, pensa Anđelko lorsqu'elle se calma enfin.

En regardant Kristina, elle s'en fichait puisque sa joie momentanée ne l'avait pas dérangée.

Alors il était content.

Il l'aimait et ne voulait pas que son repos soit interrompu.

Soudain, il sortit du lit pour passer derrière la cloison ornée de fleurs et de colibris.

Il a utilisé l'urinoir puis s'est lavé les mains avec la cruche et le bol qui étaient là à cet effet.

Cela fait, il s'agita dans la pièce pendant une minute, mais réalisa qu'il avait besoin d'être avec Goran.

Voyant que l'état de Goran restait inchangé, le regard d'Anđelko erra dans la pièce, observant les meubles.

À côté de la cloison, il y avait un coffre en cèdre bruni et un grand miroir pleine longueur.

Les rideaux étaient décorés d'un riche brocart de saphir qui complétait la couette aux tons plus doux.

Les murs de couleur crème étaient accentués avec plus de touches de bleu.

En fait, toute la pièce avait une multitude de bleus, des oreillers à la chaise sur laquelle Kristina se penchait, comme les cadres.

Il a reconnu un Donatello italien précoce, Vladimir avait insisté pour qu'il étudie bien.

C'était une pièce douillette aux yeux d'Anđelko.

Ses yeux se tournèrent vers Kristina alors qu'elle s'agitait sur la chaise.

Il fronça les sourcils.

Quelque chose ne venait pas d'elle.

Ce n'était pas à cause de ses cheveux, qu'elle n'avait pas attachés, et qui tombaient maintenant sur ses épaules, ou à cause de son incapacité à avoir pu dormir la nuit.

Non, ce n'était pas tout.

Anđelko posa une main sur son menton et caressa le début de ses moustaches en regardant l'image qu'elle présentait.

Il y avait quelque chose de bizarre dans cette image.

Il était intrigué, mais comme Gabrijel, il a déterminé qu'il avait juste besoin de se reposer.

Il a décidé qu'il la rejoindrait pendant qu'elle dormait.

Son corps était une masse de douleurs et de bleus et il avait besoin de son propre temps de guérison.

CHAPITRE LVI

Le front de Kristina brûlait.

Il a lutté pendant des couches de sommeil et de fièvre, mais n'a pas pu se réveiller.

Ses rêves étaient pleins de créatures mythiques et l'armure du rez-de-chaussée avait pris vie et la hantait à travers les couloirs du manoir.

Dans son rêve, il appelait frénétiquement Vladimir alors qu'il tentait de fermer une porte après l'autre.

Il imagina qu'il pouvait sentir le souffle fétide du cadavre de la personne qui habitait autrefois l'armure.

Il la traqua sans relâche et furtivement.

Ne jamais se précipiter, juste avancer, déterminée à chaque pas qu'elle a fait.

Kristina était à bout de souffle, ses vêtements semblant restrictifs dans le couloir sans fin.

Il vit une porte partiellement ouverte au bout du couloir et courut vers elle.

Ne se méfiant pas de ce qui pourrait se trouver devant elle, mais sachant ce qu'il y avait derrière elle, elle se précipita la tête la première dans la pièce.

Elle ferma la porte et la verrouilla.

La poitrine se soulevant, le dos à la chambre, elle ferma les yeux pour prendre une profonde inspiration.

L'armure a commencé à enfoncer la porte sans succès.

Sachant qu'il devait trouver un abri supplémentaire, il se retourna et ouvrit les yeux sur ... l'horreur!

Elle a été piégée dans un abattoir, des démons déchirant sauvagement la chair de villageois hurlants alors qu'ils cherchaient son sang.

Il a vu ses parents, Andrej, tellement qu'il a vu se faire attaquer.

Elle hurla, attirant les attentions d'une belle jeune femme, sa bouche dégoulinante de sang ...

CHAPITRE LVII

Vladimir sentit la peur couler dans ses veines.

Cela l'a fait sortir de son rêve.

Instinctivement, il savait que plusieurs heures s'étaient écoulées depuis l'aube.

Pensant que c'était Stjepan, elle avait peur au milieu de son rêve, elle vit qu'il se reposait paisiblement à côté d'elle.

Quelque chose n'allait pas, très mal.

Sa conscience s'en occupait.

Il projeta son esprit sur le manoir proprement dit, cherchant la source.

En approchant de la pièce qui abritait les malades, son sentiment de terreur augmenta.

Il a changé de forme en un courant de vapeur, pour passer sans obstruction sous la porte, se transformant plus tard en une ombre de lui-même pour ne pas effrayer les occupants à son arrivée.

Elle enjamba le lit et vit qu'Anđelko et Goran allaient bien, tous deux endormis.

Soupirant de soulagement, il continua.

Gabrijel avait fait une sorte de lit avec de la literie sur le sol pour que Kristina puisse se reposer à côté de Goran.

Il n'avait toujours pas ressenti de peur chez eux.

Il se retourna et vit Kristina profondément endormie.

Lorsqu'il s'approcha d'elle, le sentiment de terreur grandit.

Il fronça les sourcils à ses mouvements agités puis elle hurla!

Ses yeux fiévreux s'écarquillèrent, ne voyant pas.

Il s'assit brusquement et se faufila dans la literie comme s'il l'attaquait en criant des mots inintelligibles.

Son visage était marqué de terreur et baigné de la coloration terne d'un malade.

Il fut rapidement à ses côtés, essayant de capturer ses mains dans leur état fantomatique.

Ses yeux effrayés se fixèrent sur lui mais ne le virent pas.

Elle a vu Vladimir commencer à enfoncer ses dents dans le côté du cou d'Andrej!

Il devait sauver Andrej!

Rien d'autre n'avait d'importance à l'époque.

Ignorant tous les autres démons, il se fraya un chemin à travers la masse de corps se tordant vers Vladimir.

Dans son esprit, elle se surprit à le supplier de pardonner à Andrej.

Et Vladimir!

Vladimir leva les yeux violets et se moqua d'elle pour sa naïveté.

Elle attrapa son bras, mais il la secoua.

Il s'avança à nouveau, les griffes atteignant sa jupe.

Vladimir était hors de lui essayant de comprendre ses murmures incohérentes.

Il a attrapé un "Vladimir", un "Andrej", un "... emmène-moi", mais il ne savait pas quoi faire de tout ça.

Secouant la surprise momentanée et le désespoir que ses mots lui causaient, elle se concentra sur la recherche de la source de ses illusions.

Malgré ses divagations et ses tremblements, il commença avec sa tête, faisant courir ses doigts partout, essayant de voir s'il avait une sorte de boule.

Ne trouvant rien de cette nature ni aucune coupure, il continua vers le bas.

À ce moment-là, Gabrijel était déjà à ses côtés, inquiet de ce dont il était témoin.

Vladimir lui a demandé mentalement d'apporter de l'eau et un chiffon propre pour essayer de refroidir son front.

Gabrijel était prudent dans son ministère, essayant d'éviter ses bras battants.

Vladimir parcourut lentement ses vêtements et son corps.

Il a finalement trouvé son doigt avec des signes d'infection.

Son esprit est immédiatement revenu dans son corps physique et a ouvert le couvercle sans délai.

Il est sorti du cercueil et s'est enfui dans la pièce où se trouvait Kristina.

Franchissant la porte, il porta doucement la blessure à ses lèvres et commença à sucer les poisons qui habitaient son corps.

Prendre son temps, enquêter comme il l'avait fait avec Stjepan, pour aspirer le sang contaminé.

Un crachoir commode se trouvait à proximité où il se dispensait des humeurs infectées.

Il était heureux qu'il ne se soit pas encore propagé à ses organes internes.

Il était arrivé à l'heure.

Il continua sa douce succion, voulant laisser son sang exempt d'infection.

Une fois qu'il a terminé, il a scellé la plaie.

Puis elle ouvrit son poignet pour l'amener à ses lèvres.

Le regard étourdi avait quitté le visage de Kristina, et elle comprit ce qu'il voulait qu'elle fasse.

Elle porta ses propres mains à son poignet et la pressa plus près de sa bouche.

Il avala quelques bouchées du sang du vampire.

Quand elle eut fini, elle essuya l'arrière de sa bouche alors qu'il scellait son poignet.

Elle tomba épuisée sur les coussins.

"Mon Vladimir, je te dois ma vie, merci." Kristina leva les yeux vers lui. «Je ne sais pas ce qui s'est passé, mais je suis reconnaissant que vous soyez venu. Veuillez vous asseoir avec moi pendant un moment, pendant que je reprends mon souffle.

Il écarta ses mains de ses côtés et tapota le siège avec l'un d'eux.

Vladimir luttait avec les petits fragments de lumière pénétrant dans la pièce, mais il savait qu'il ne pouvait pas laisser Kristina seule maintenant après son comportement cette nuit-là.

S'il était prudent et restait à l'écart des courants de lumière, avec des taches de poussière le chassant sans inquiétude, ce serait bien.

Il l'attira plus près et la porta sur ses genoux.

Il la chouchoute comme un enfant, caresse ses cheveux et lui frotte le dos.

J'étais heureux.

Elle se blottit contre sa poitrine et fouilla le revers de son costume.

Aucun mot ne passa entre eux maintenant que la crise était passée. Et aucun n'était nécessaire.

Kristina savait qu'elle partagerait son cauchemar avec lui plus tard, ne serait-ce que pour qu'il sache ce dont elle avait rêvé.

Pour l'instant, elle était là où elle voulait être et en sécurité.

CHAPITRE LVIII

Stjepan s'est réveillé un peu plus tard pour constater que Vladimir n'était plus à ses côtés.

Sachant qu'il était prudent de sortir, il quitta le sous-sol sombre pour chercher les autres.

Il trouva Helena et Katarina atteignant juste la porte en même temps que lui.

Sachant qu'il y avait suffisamment de monde pour s'occuper de ceux qui étaient encore malades, il conduisit Katarina à l'écart, tout en faisant un clin d'œil à Helena.

Elle a ri en retour et les a laissés sur leur chemin.

Stjepan attrapa Katarina dans ses bras et la regarda élargir ses yeux verts mousse.

Il abaissa ses lèvres sur les siennes, doucement au début, une caresse destinée à lui dire qu'elle lui avait manqué.

Katarina s'enfonça dans l'étreinte de Stjepan, ses lèvres s'entrouvrant pour montrer le besoin d'explorer.

Stjepan calma joyeusement son anxiété pendant plusieurs minutes, cherchant toutes les qualités cachées que la bouche de Katarina représentait.

Elle, à son tour, le berça contre elle, incertaine des changements qu'elle ressentait dans son corps.

Je n'ai jamais embrassé personne comme ça auparavant.

Ses seins étaient durs et pointus.

Ce n'était pas une sensation désagréable. Son ventre avait la même émotion qu'il ressentait lorsque la foire aux gitans passait dans la ville et qu'il allait se faire dire sa fortune.

Ce sentiment de quelque chose de plus à venir, de possibilités passionnantes laissées à son destin.

Sa peau était rouge et d'autres endroits étaient chauds et humides.

Non, elle ne le comprenait pas du tout, mais elle savait que Stjepan lui apprendrait à le comprendre.

Stjepan gémit à la passion effrénée avec laquelle Katarina l'embrassa.

Si je ne faisais pas attention, cela irait au-delà de ce que je voulais pour le moment.

Mais elle était absolument magnifique dans ses bras, lui faisant confiance, s'effondrant sous son baiser.

Ses mains parcoururent son dos et lui caressèrent les côtes.

Ses mains s'arrêtèrent juste avant de toucher ses seins. Sachant qu'elle était innocente et ne comprenait pas les relations qui s'établissaient entre les hommes et les femmes, il la souleva pour qu'elle se dirige vers le banc.

Il s'assit avec elle sur ses genoux.

Ses lèvres n'ont jamais rompu ce baiser enflammé.

Il bougea, réalisant qu'il l'avait placée dans une position plutôt incommode.

Il essaya discrètement de la placer sur ses genoux, pour que ses beaux fesses n'effleurent pas sa grande dureté.

Il espérait juste qu'elle ne l'avait pas remarqué lors de ses explorations.

Katarina leva ses lèvres mouillées de celles de Stjepan pour lui mordiller l'oreille.

À sa respiration rapide, elle savait qu'il l'aimait.

Il aimait vraiment ce qu'il lui faisait.

Il commença à murmurer des mots d'amour sur le côté de son cou, ses lèvres bougeant contre la chair tendre.

Le pouls avec le sang de sa vitalité battant comme une distraction dans ses oreilles et sous sa bouche.

Non pas avec l'envie de percer sa chair délicate avec ses crocs, mais avec la chair pour son audace.

Ses passions grandissantes menaçaient son contrôle en difficulté.

Je voulais bien faire ça avec Katarina.

Il la voulait comme son compagnon des joies et compagnon des peines.

Et parce qu'il voulait cela par-dessus tout, il savait qu'il devait arrêter cela maintenant.

Appuyant sa tête contre le front de Katarina, elle lutta pour respirer.

Montrant ses yeux caramel, il savait qu'elle était tout aussi affectée que lui.

"Oh mon amour, comme tu me tentes tellement! Je ne veux rien de plus que de te dévorer ici."

Il enroula ses bras autour d'elle en disant cela.

Katarina se battait avec son propre cœur et avec le sang qui coulait dans ses veines.

"Stjepan, je t'aime depuis que je suis enfant. J'ai attendu le bon moment où je pourrais être avec toi. Me refuserais-tu cela?" Elle a supplié.

"Ma chérie, je ne te refuse rien. Je te demande d'attendre encore un peu, je t'en supplie. Je veux que tu sois ma princesse, ma dame. Je t'aime comme je n'ai jamais aimé personne ni rien de ma vie! Et je t'honorerais en attendant jusqu'à ce que je puisse y arriver. Tu as volé mon cœur. Je ferais n'importe quoi, tout ce que tu me diras! Et nous nous lierons pour toujours. Laisse-moi parler à ton père et faire les arrangements. Tu peux me donner trois jours, non? "

"Stjepan, tu peux avoir tes trois jours. Mais je te promets que je n'attendrai pas plus longtemps. Si je ne suis pas ton partenaire de lit d'ici là, je ne serai pas responsable des choses que je prévois de faire avec ton corps."

Katarina semblait un peu suffisante en disant cela, mais totalement catégorique sur le fait qu'elle voulait plus que ce que Stjepan pouvait lui offrir en ce moment.

"Maintenant, viens ici une minute ..."

ONZIÈME PARTIE
MIHAEL

CHAPITRE LIX

Alors que les heures de la nuit s'allongeaient, tout le monde veillait près du lit de Goran.

Helena avait réchauffé leur soupe et ils avaient mangé à leur faim.

Stjepan et Katarina les rejoignirent finalement, l'air un peu échevelé, mais ils gardèrent tous leurs commentaires pour eux-mêmes.

Les deux échangèrent des regards enflammés, mais gardèrent leurs mains et leurs lèvres pour eux-mêmes.

Vladimir leva les yeux de ses pensées et transperça Stjepan de son regard.

Stjepan comprit ce que cela impliquait et hocha la tête presque imperceptiblement.

Il pencha la tête un instant pour rassembler ses pensées, sachant qu'il allait révéler une grande quantité de douleur qu'il avait stockée à l'intérieur pendant tant d'années.

Il s'était torturé en sachant qu'il avait échoué Đurđa.

Et il savait que ce qu'il allait révéler maintenant causerait également de la douleur à Vladimir.

Il avait été si incrédule à ce que lui avait murmuré Đurđa dans ses derniers instants, qu'il avait bloqué cette connaissance de son esprit.

Ce n'est que grâce à l'intervention de Vladimir il y a quelques heures qu'il a pleinement réalisé les événements de cette nuit il y a longtemps.

Il ne savait pas comment il allait dire ce qu'il avait à dire, ni comment quelqu'un réagirait à cette information.

Il a prié pour que Katarina et Kristina les aident à guérir et à faire face à la douleur de la trahison.

Parce que c'était ce que ça allait être.

Trahison de la pire espèce.

Il avait mentalement essayé de se préparer, ainsi que les autres, à cette trahison.

Une des raisons pour lesquelles il avait écarté Katarina était de trouver la force pour la tâche à venir.

Soupirant une fois de plus et les regardant tous dans les yeux, il commença son histoire.

"C'est ce que Đurđa m'a révélé ..."

CHAPITRE LX

Il y a 90 ans ...

« Je suis arrivé à la porte de votre maison, Vladimir, et j'ai découvert qu'elle avait été violée, presque arrachée des gonds. Anđelko était inconsciente et ligotée, une grosse blessure sur le côté du front et Đurđa avait été battue et il y avait du sang sur elle, sur ses vêtements. Je suis arrivé juste avant sa mort ... "

Stjepan se mit à pleurer alors que les images se rejouaient dans son esprit, tout comme Vladimir.

Tout le monde était attentif.

« J'ai volé au côté de Đurđa et je l'ai serrée dans mes bras. Ses paupières se sont ouvertes et elle a essayé de parler. C'était si dur pour elle, Vladimir, mais elle était si forte. Un de ses yeux était presque enflé et noirci. Des ecchymoses se sont formées autour d'elle. sa gorge, presque comme si elle avait porté un collier serré et on aurait dit que sa trachée était écrasée. Des larmes coulaient du coin de ses yeux, coulaient sur les côtés de ses joues et disparaissaient dans ses cheveux. Dieu, c'était comme une poupée! Elle avait les ongles cassés et ensanglantés, elle s'était battue comme un chat sauvage. Ses vêtements étaient en désordre. Elle avait été horriblement attaquée. "

Katarina avait étreint Stjepan et maintenant tout le monde pleurait sur ce qu'il révélait.

"Il a essayé de s'asseoir, mais n'a pas pu. Certaines côtes étaient cassées et un de ses bras. Pourtant, il a essayé de lever sa main sur ma joue. Il a sangloté davantage quand il a réalisé qu'il ne pouvait pas. Il avait mal partout, non. il y avait une partie d'elle qui n'était pas tourmentée, battue ou brisée. J'ai essayé de la faire taire, de ne pas parler, d'essayer de conserver son énergie, peu importe. Mais comme vous le savez, elle a toujours été très têtue Vladimir. "

Les deux hommes se sourirent brièvement, un éclair d'humour qui éclipsa leur chagrin partagé pendant un moment.

«Oh mon Dieu, elle était têtue. Elle a dit que plus tôt dans la nuit, elle s'était battue avec toi et qu'elle avait dit des choses terribles, mais elle ne pensait pas ce qu'elle avait dit, Vladimir. Elle voulait que tu saches qu'elle était désolée.

Stjepan leva de nouveau les yeux.

«Je suis tellement désolé, Vladimir. J'étais tellement enragé par la mort de Đurđa, que je n'ai pas pu vous dire ce qu'elle a dit. Je sais que j'avais tort. C'était la dernière chose dont je me souvenais de cette nuit, jusqu'à ce que vous utilisiez votre lumière de guérison, plus tôt, sur moi. ."

"Stjepan, je ne vous en veux pas pour vos actions. Je vous aime comme je l'ai toujours fait."

Vladimir a parlé d'une voix sincère tout en capturant le regard de Stjepan.

«Merci Vladimir. Je t'aime en tant que frère. Je l'ai toujours fait. J'ai été submergé par ma culpabilité et ma colère. Et même si je suis désolé d'avoir enlevé Kristina, et cela n'aurait causé de douleur à aucun d'entre vous, cela nous a aidés à ce point. C'est pourquoi, je ne suis pas désolé. "

Vladimir se leva tranquillement de son siège à côté de Kristina pour aller embrasser Stjepan.

Ils sont restés comme ça pendant une minute.

Une fois leur étreinte terminée, Stjepan a continué son histoire.

"Đurđa m'a alors dit qu'elle traversait le couloir quand la porte s'est pratiquement détachée de ses gonds. Et se tenir devant elle était ..."

CHAPITRE LXI

À ce moment, Goran remua.

Les yeux vitreux et douloureux s'écarquillèrent et Kristina se précipita à ses côtés alors qu'Anelko lui prenait une fois de plus la main.

Elle hocha la tête une fois de satisfaction, constatant que la fièvre avait disparu.

Ils aidèrent tous les deux Goran à s'asseoir un peu sur les oreillers et Katarina lui apporta un peu de bouillon de guérison.

Alors que tout le monde était impatient de découvrir enfin ce qui était arrivé à Đurđa, ils l'ont gardé de Goran pour le moment.

Il regarda autour de lui avec confusion.

"Qu'est-il arrivé ?" Il parlait de sa voix rauque.

Anđelko s'installa sur le lit et serra doucement Goran dans ses bras, sa tête reposant sur la poitrine d'Anđelko.

"Mon amour, tu as été attaqué par Stankov. Il n'existe plus. Les chiens et je l'ai envoyé à la mer. Tu as de la fièvre et tu es inconscient depuis la nuit dernière. Oh, j'avais peur pour ta vie ! J'ai prié et pleuré et je suis resté à tes côtés tout le temps".

Anđelko augmenta son étreinte un peu plus intensément sur lui.

Il n'était pas prêt à dire à Goran comment il s'était effondré, ou comment il avait essayé de mourir, pensant que Goran était parti de sa vie.

Pas encore en tout cas.

Il était sûr qu'aucun des autres ne dirait quoi que ce soit.

Ce qui s'est passé entre les amoureux le resterait.

Au-dessus de la tête de Goran, Anđelko cligna des yeux vers tout le monde en reconnaissance silencieuse du service qu'ils lui avaient rendu ce jour-là.

Il devait encore surmonter son embarras à cause de son effondrement des blessures mortelles de Goran.

Mais il y aurait assez de temps pour cela.

Ils s'inquiétèrent tous pour Goran pendant quelques minutes de plus, tandis que Katarina gardait ses yeux et ses pensées concentrés sur Stjepan.

Il a souri quand ils l'ont tous fait, mais elle savait qu'il luttait.

C'était évident dans sa posture affaissée et le tic nerveux qui apparaissait dans son œil gauche.

Sachant qu'il n'était pas impatient de continuer son histoire, mais qu'il la continuerait néanmoins.

Son vampire était un homme honorable, un homme courageux.

Elle savait depuis longtemps et serait avec lui pour endurer tout ce qui leur serait présenté.

C'était son cœur.

Kristina était également inquiète pour Vladimir.

Il n'était pas aussi manifestement désemparé que Stjepan le paraissait, mais il se battait clairement aussi pour son calme.

Il n'était pas jaloux du défunt Đurđa et des sentiments partagés entre les deux.

Elle savait que Vladimir était à elle.

Et il devait savoir qu'elle était à lui.

Elle caressa sa joue pour lui faire savoir qu'elle était là et il joignit sa main sur la sienne, lui faisant savoir qu'il était avec elle en toutes choses.

Une fois qu'ils ont retrouvé leur calme et que Gabrijel a aidé Goran, Stjepan a continué.

CHAPITRE LXII

Il y a 90 ans ...

"Debout devant elle se tenait Mihael ..."

Anđelko haleta, Vladimir eut l'air abasourdi, Stjepan hocha tristement la tête.

Vladimir eut l'impression que son âme avait été brutalisée et son cœur arraché de sa poitrine.

Mihael!

Pourquoi ferait-il une telle chose?

Comment son mentor aurait-il pu le trahir si horriblement?

Il regarda Stjepan avec des yeux blessés, attendant d'entendre ce qu'il avait à dire ensuite.

CHAPITRE LXIII

Il y a quatre-vingt-quinze ans ...

Mihael avait visité Stjepan pendant une longue période.

Il a dit qu'il était là pour aider et surveiller Stjepan dans sa formation professionnelle, mais il avait une raison plus sombre.

Je voulais Đurđa.

Il avait programmé sa visite pour qu'elle coïncide avec son arrivée pour l'une de ses rares visites de l'école.

Ayant appris la connaissance de son arrivée imminente par Stjepan six mois auparavant, il attendait son heure.

Depuis quelque temps, il avait réfléchi à la manière dont il allait aborder le sujet avec Stjepan.

Il savait qu'il devait être prudent avec le jeune vampire, connu pour son tempérament rapide et sa précision avec sa rapière.

Il savait aussi qu'il la voulait avant tous les autres.

Alors, je calculais.

Il était attentif à elle, mais pas trop.

Il a demandé votre avis sur les questions financières.

Il passait ses après-midis à la bibliothèque avec elle à parler de divers sujets.

Mais, même si elle ne l'a pas complètement rejeté, elle l'ignorait vraiment.

Il était enragé par ses doux discours sur la frivolité et son mépris pour lui.

Un soir, il s'était mis à la plaider et, à sa jolie manière, elle l'avait rejeté.

Excédé par ses dénégations, il avait décollé, se promettant silencieusement qu'un jour il la ferait payer.

Personne, personne ne l'a traité comme elle l'osait!

Personne!

Sa vanité et sa fierté brisées par son dédain insouciant.

Stjepan ne comprenait pas pourquoi Mihael avait brusquement abandonné son hospitalité.

Et Đurđa, pour sa défense, ne s'était pas rendu compte de la gravité de ses intentions et de la prétendue offense envers lui pour le déni de ses affections.

Elle ne pensait pas en parler à Stjepan parce que c'était une petite affaire pour elle.

Elle n'avait que dix-sept ans à l'époque et, comme le font souvent les jeunes filles, elle était plus intéressée par la mode et les potins que par les sentiments des hommes.

CHAPITRE LXIV

Il y a 90 ans ...

«Mon cher frère, Stjepan, je ne l'ai pas imaginé! Comment pourrais-je?

Đurđa essayait de faire comprendre à Stjepan son point de vue en lui racontant ce qui s'était passé cinq ans plus tôt.

"Oh Đurđa, tu n'es coupable de rien. Tu étais plus jeune et beaucoup plus innocent, comme tu l'es toujours. Et tu t'es présenté à Vladimir quand tu avais neuf ans. Mihael n'en savait rien et Vladimir et moi avions ri à ce moment-là. vos pensées sur le sujet. Pas pour vous avoir fait du mal, chérie, jamais ça. Juste que vous avez toujours été impétueux et impatient. Mais vous avez rapidement changé les choses récemment. Et j'étais si heureux de voir Vladimir vous rendre son amour."

Stjepan passa doucement la main dans les cheveux de Đurđa.

"Désolé Stjepan ..."

«Tu n'as pas à t'excuser ni à avoir honte, Đurđa. Mihael n'aurait jamais dû faire ça! Et donc je chercherai ma revanche sur lui!

"Stjepan s'il vous plaît! Il vous tuera! Et je ne pourrais pas supporter ça!"

Đurđa était plus faible maintenant dans son discours, à peine un fil de vie.

«Vous devez me promettre que vous ne chercherez pas à vous venger! Je vous en supplie!

Son appel tomba dans l'oreille d'un sourd, alors que Stjepan la berçait silencieusement, essayant de l'empêcher de se promener.

Ses yeux ont commencé à perdre de la luminosité alors qu'il succombait de plus en plus à ses blessures.

Et il ne voulait ni n'avait besoin d'entendre les détails de ce que Mihael lui avait fait.

La preuve était devant ses yeux.

Et il a condamné le vampire à toute éternité pour avoir mis fin à une vie aussi vibrante.

Đurđa savait que les derniers respirations quittaient son corps.

Il devenait de plus en plus difficile pour lui de respirer avec son poumon écrasé et de petites gouttes de sang commençaient à sortir de sa bouche.

Ses pieds et ses mains avaient été froids tout ce temps et maintenant, engourdis.

Elle trembla en se couchant dans les bras de Stjepan.

Elle avait déjà du mal à se concentrer sur le beau visage de son frère et savait qu'elle ne vivrait pas pour revoir le beau visage de Vladimir.

Il regrettait que ses paroles d'adieu aient été en colère et qu'elle le quitte pour de bon, ce qu'il avait récemment juré de ne jamais faire.

Elle essaya une dernière fois de parler.

"Je t'aime et j'aime Vladimir. Souviens-toi de ça. Je vais mourir en t'aimant tous les deux. Pas de représailles. Je ne veux pas ..."

Et avec cela Đurđa est passé de la vie que nous connaissons à une autre dont on ne parle que dans des chuchotements silencieux et de la révérence.

Stjepan porta son corps, déjà sans vie, plus fort contre sa poitrine, pleurant sur elle, alors que son corps devenait encore plus froid dans ses bras.

Il a bercé comme ça avec elle pendant longtemps.

Elle n'a pas remarqué quand Anđelko s'est réveillé, elle n'a pas remarqué le passage du temps, et elle n'a pas remarqué le froid qui envahissait la maison par la porte ouverte.

Il ne réalisa pas combien de choses que lui avait révélées Đurđa commencèrent à s'échapper de son esprit conscient.

Mais il connaissait la douleur.

Une douleur profonde et vive qui a saisi son âme.

Et comme il était assis là avec elle, l'amertume de sa mort a endurci son cœur contre Vladimir.

Vladimir était la cause, la racine.

Il avait détruit Đurđa.

CHAPITRE LXV

«Je suis désolé, Vladimir. Cette connaissance de Mihael et de sa méchanceté est devenue un vide dans mon esprit.

Stjepan s'appuya contre le canapé, épuisé par les révélations.

Tout le monde a pleuré sur la manière de la mort de Đurđa.

Larmes lourdes et respirations haletantes à la trahison de Mihael.

D'autant plus que Mihael faisait toujours partie de la vie de Vladimir et Stjepan.

Comment il avait essayé de négocier une paix entre eux, implorant l'un et l'autre tour à tour de s'asseoir et de réparer leur relation.

Mihael était responsable de la faille, de la méchanceté et n'avait jamais rien dit.

"Pourquoi? Je ne comprends pas! Comment Mihael a-t-il pu nous trahir ainsi?" Vladimir gémit profondément dans son abdomen. "Il a été notre professeur, notre guide, notre mentor. Comment a-t-il pu trahir cette amitié, la loyauté dans laquelle nous l'avons servi tout ce temps?"

"Je ne connais pas mon ami. Je sais que j'aurais aimé ne pas avoir bloqué ça dans mon esprit. Je sais que j'aurais aimé ne jamais t'avoir repoussé. Je sais que je regrette profondément mon comportement."

«Ah Stjepan, ce n'est pas vous qui avez endommagé notre amitié! C'était Mihael! Je le vois très clairement. Et il paiera pour cela. Même s'il ne fait rien d'autre dans ma vie, je jure qu'il paiera pour ce qu'il a fait. Vladimir grogna bas dans sa gorge.

Le reste de la nuit fut consacré à faire des plans pour la mort éventuelle de Mihael.

Vers l'aube, ils se jetèrent tous dans leurs lits respectifs, toujours sans résultat final convenu.

Mais il y avait de l'espoir.

Surtout que Mihael n'avait aucun moyen de savoir ce qui s'était passé toute la semaine dernière.

Il avait annoncé séparément à Stjepan et à Vladimir qu'il serait aux Pays-Bas pendant un an et c'était il y a environ trois mois.

Ils savaient donc qu'ils auraient le temps et l'occasion de se préparer pour la prochaine bataille.

Et sachant qu'ils prévoyaient de détruire leur mentor, ils se sont à nouveau réunis avec un objectif commun.

Mais c'est une autre histoire ...

FIN